서툴지 않은, [illegible] 하길!

2021. 6월 한낮.

# 혼자여도 위로는 필요해

# 혼자여도 위로는 필요해

김수민 지음

# 프롤로그

어쩌다보니 어른이 됐고
어쩌다보니 사람들 틈에 섞여
어쩌다보니 혼자가 됐다.

나도 모르게 지나간 시간들과
나를 두고 떠나간 사람들과
나를 위해 곁에 남아준 인연들.

이제야 인생을 조금은 알 것도 같다.
완벽하지 않아서 행복한 날들.
이제부터 우리 인생은 진짜 시작이다.

# 목차

## PART 1 혼자라서 편하고 혼자여서 외롭다

## PART 2 괜찮다고 하기엔 너무나 상처받은 날들

내 삶의 주인공 • 자신감 • 탓 • 상처 속에서 • 지금 내가 멈춰야 할 것 • 무엇 하나 버릴 거 없는 소중한 내 인생이었다 • 사실은 겁이 나 • 바보 같은 나 • 나는 언제나 나였다 • 그때 그리고 나 • 견뎌내고 있는 너에게 • 시간 • 행복한 사람 • 이곳에서 • 무시할 수 있는 용기 • 나중에 • 나는 내가 또 걱정이다 • 나를 위해서 • 상처는 남고 시간은 흐른다 • 어쩔래? • 세상에 완벽한 사람은 없다 • 나쁜 하루 • 버텨줘서 고마워 • 꽃피는 인생 • 꼭 • 누굴 위해 살고 있는가 • 난 행복해 • 이젠 나를 아니까 • 틀린 게 아니라 다른 거야 • 흔들리지 마 • 걱정 • 그렇게 살아가자 • 난 네 편이야 • 약속해 • 사랑해주자 나를 • 나를 존중해 주세요 • 착한 사람 • 노력 • 당신에게 • 엄마 • 너의 삶이

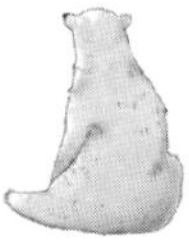

# PART 1

혼자라서 편하고

혼자여서 외롭다

# 나 혼자서

불편한 관계를 이어나가는 것보단
맘 편한 혼자가 낫다고 생각했어.
혼자 견디는 외로움이 낫지
관계의 고통은 못 견디겠더라고.

# 애쓰지 마

사람 때문에 속 썩을 필요 없다.
시간 지나면 다 알아서 걸러져
진짜인 거 같은 내 편도
너무나 확실한 가짜가 되기도 하고
혹시나 의심했던 가짜가 진짜가 되기도 하고
모두가 가짜일 수도 있고
결국은 시간이 지나 봐야 알아.

# 결국은 떠나고 그렇게 남는다

어차피 일어날 일은 일어나게 돼 있고
내가 아무리 붙잡아도
떠나갈 사람은 떠나가게 돼 있고
내가 아무리 피하려고 노력해도
다시 돌아올 사람은 돌아오게 돼 있다.
이미 벌어진 일은 되돌릴 수 없는 일이고
막는다고 막을 수 있는 일은 없고
피한다고 피할 수 있는 사람은 없다.
아무리 후회하고 미워해도
아무리 애가 타게 사랑해도
모든 건 끝이 있는 법이다.
결국은 떠났을 인연이었고
결국은 다시 돌아올 인연이었다.

# 공감

타인의 아픔을 머리로 이해하는 것은 동정이고
타인의 아픔을 마음으로 느끼는 것은 공감이다.
나를 동정하는 사람을 만나면 비참해지고
나를 공감해주는 사람을 만나면 위로를 받는다.
공감 없는 냉철한 이해보다
나와 같은 경험의 공감이
사람을 살게 한다.

# 사실은 너무 별거 있더라

별거 없이 툭툭 오가는 말에
인연이 끊어지기도 이어지기도 하더라.
별거 없는 거에 감동을 받기도 하고
사람의 인성이 보이기도 하고
사랑이 시작되기도 하더라.

사실은 그 별거 없는 것들이 너무나 별거 있더라.

# 내 우울함에 내가 지쳐

나의 우울함이 싫어서
나의 공허함이 싫어서
사람들과의 약속을 미친 듯이 잡고,
상처를 외면하고 싶어 현실을 외면할수록,
잠시라도 헛생각을 하기 싫어서
온종일 의미 없는 수다를 떨다가
문득 " 내가 지금 뭐 하는 거지 "
이 생각이 들 때쯤이면

이미 우울감은 내 목 끝까지 차올라왔음을.

# 나를 얼마나 잘 안다고

잘 알지도 못하면서 하는 비난들
생각 없이 툭툭 던지는 충고들
기분 나빠 할 걸 알면서도 하는 조롱들
걱정을 핑계로 지나친 참견들

결국은 내게 중요한 사람도 아니었고
필요한 말들도 아니었다.

내게 중요한 건,
소중한 내 사람들이 묵묵히 믿어주는 마음과
공감 섞인 위로 한마디.

나는 나를 힘들게 하는 사람들의
상처를 받으며 놓지 못하고 잡고 있었던
시간들을 낭비하지 말았어야 했다.

# 이기적인 침묵

말을 하지 않으면 귀신도 모른다는 말이 있다.

인간관계에서 문제가 생겼을 때
혼자만의 생각으로 침묵하다 상대방이 눈치껏
알아주길 바라며
말은 안 하지만 온몸으로 표현하는 사람이 있다.
자신은 참는 거라고 생각할지 모르지만
결국은 상대방과의 벽을 더 쌓는 일이란 걸
그렇게 사람을 잃는다는 것을 모른다.

마음속으로 혼자 애태우고 꽁하지 말고
시원스럽게 말을 해

## 괜찮은 척하는 것도 이젠 지쳐

혼자가 편하다는 건
결국 사람한테 질려서겠지

사람들 비위 맞추느라
싫은 사람 앞에서도 웃는 척 하느라
내게 상처 준 사람 앞에서도 괜찮은 척 하느라
다른 사람 감정 신경 쓰느라

정작 내 감정은 엉망진창이 돼버렸던
그 모든 것들이 질린 거겠지

# 오래된 소중함

쉽게 친해진 관계는 쉽게 멀어진다.
말뿐인 관계는 결국 말뿐이어서 끝난다.
빨리 타오른 관계는 그만큼 빨리 식어버린다.

별별 관계들을 겪어보니
친하다고 유별 떨지 않아도
매일매일 만나지 않아도
많은 말을 하지 않아도
오랜 세월 한결같이 변함없이
내 곁을 지켜주는 이들이
그렇게 소중할 수가 없다.

# 관계

인간관계는 이랬다저랬다 언제나 변덕스럽다.

늘 좋을 수도 없고 늘 나쁠 수도 없다.
처음에는 둘도 없는 좋은 사이였어도
나중엔 서로 원수가 돼 있을 수도 있고
처음에는 너무 싫어서 밉다가도
점점 이해하며 정을 주는 사이가 될 수도 있다.

그저 서로의 다름을 인정해 주며
이해해 주는 사람이 내 곁에 남을 뿐이다.
변하는 관계에 절대로
슬퍼하지도 기분 나빠하지도 말자.

인연이라면 억지로 만나려 하지 않아도
언제든 다시 만날 수 있을 테니

# 하고 싶은 말들

하고 싶었던 말을 다 쏟아붓고 난 후.
후회가 가득 밀려올 때가 있다.
하고 싶은 말을 안 하면
나중에 후회할까 봐 하고 싶은 대로 다 했는데
이제는 하고 싶은 말을, 마음을 참게 된다.

시원한 마음은 잠깐이고
후회만 길어질까 봐
잠깐의 후련함보다
긴 시간 동안의 찝찝함이 싫어서.

말이란건
다시 되돌릴 수도
다시 주워 담을 수도 없다.

가볍게 뱉어낸 내 말이
상대방에게는 무거운 돌덩이가 되어
가슴속에 영원히 박힐 수 있다는 것.

말의 무거움을, 무서움을
항상 기억하자.

# 네 편, 내 편

굳이 적을 만들 필요도 없지만
억지로 내 편을 만들 이유도 없다.
적을 만들기엔 사람 맘이 너무 나약하고
내 편을 만들기엔 사람 맘이 너무 간사하기 때문에

# 사이

가식적인 친절함에 행복해하기도 하고
진심이 담긴 충고에 기분 나빠 하기도 하고
의미 없는 상냥함에 착각하기도 하고
진심 섞인 고백을 거절하기도 한다.

모른 척하기엔 너무 알아버렸고
너무 알아 모른 척 하고 싶은 관계들이 많아진다.

애매모호한 관계 속에서
진심인 척 가식인 척 살아간다.

# 인간 정리

정리를 자주 하는 편이에요.
관계 정리를.

핸드폰 속 저장된 몇 안 되는 연락처들도
오랫동안 연락을 안 한 사람들이 있는지
확인을 하고 정리를 하곤 해요.

저는 관계를 넓혀가는 것보다 줄여나가는 게
더 중요하다고 생각해요.
내 옆에 있는 관계를 지키는 것도 힘이 드는데
쓸데없는 관계에 감정 소모하고 싶지 않아요.

너무 오랜 시간 묵혀두기만 했던
왠지 아쉬워 버리지 못했던
정이 쌓여 버리지 못했던

지금 인간 정리가 필요할 때.

## 네 잘못이 아냐

자꾸 이해하고 참는 게 습관이 된 사람들은
모든 인간관계에서 일어나는 잘못들을
다 자기 탓으로 돌린다.
충분히 화가 나고 서운할 만한 상황인데도

"그냥 내가 이해할 걸 그랬나"
"그냥 내가 좀 더 참을 걸 그랬나"

자기 탓으로 돌리며 자책만 하고 있다.
괜히 모든 문제의 원인을 자기 탓으로 돌리지 말자.
관계에서 오는 어떤 문제도 한쪽만의 잘못으로
벌어지는 일은 없을 테니까.

## 위로받고 싶었어

사람은 힘들 때 무너지는 것이 아니라
위로받지 못할 때 무너진다.
별거 아닌 말 한마디라도
비록 진심이 아닌 걱정이었을지라도
당신이 해준 그 한마디가
사람을 살릴 수도 무너질 수도 있게 한다.
비난보다 칭찬을
지적보다 위로를 해줬으면 좋겠다.

# 뭔가 잘못됐어

상처는 가까운 사람에게 받고
위로는 모르는 사람에게 받았네

# 후유증

사람 하나 잘못 만나면 참 오랫동안 괴롭다.
사람들과의 좋은 기억은 사라지고
안 좋은 기억들만 남아 두고두고 괴롭힌다.
나를 위해서 잊어버리자고
수백 번 수천 번을 다짐해도 매번 무너져버리는
후유증.

오늘도 다짐한다.
잊어버리자고.

## 결국 다 떠난다

지금 내가 사랑하는 모든 것들은
결국,
언젠가는,
내 곁을 떠난다.

영원한 사람도 없고
영원한 사랑도 없다.

집착만큼 부질없는 것도 없고
미련만큼 후회스러운 것도 없으니
지금 네 곁에 있는 사람들과
충실한 현재를 살아라.

# 상처받았던 순간

내가 가장 힘들고 상처받았던 순간은

이해되지 않는 것을 이해한다고 했을 때
용서하지 못할 일을 용서한다고 했을 때
이젠 괜찮다며 내가 나를 속였을 때

사람들은 이런 말을 한다.
세상에 용서 못 할 사람도 없고
이해하지 못할 일도 없다고

그 말 역시 자학하게 하는 언어 폭력이다.
세상엔 분명 이해받지 못할 일들이 있고
절대로 용서받지 못할 사람이 있다.

## 오해

오해라고 하면 이해를 해야 했고
이해를 못 하면 오해라고 했다.
오해를 받기 싫은 건지
이해를 받고 싶은 건지
이 한 글자 사이에서 나는 너무 힘들었다.
이해든 오해든 이제
그 어떤 감정조차도 쓰고 싶지 않다.

그러니 너도 오해하지 말고 나를 이해해줬음 좋겠다.

# 맘처럼 안되는 인생

누군가를 좋아하는 것도 싫어하는 것도
내 맘대로 되지 않는다.
내게 상처 준 사람도 끝까지 미워할 수 없었고
내가 좋아하던 사람도 끝까지 좋아할 수 없었다.
좋아하려다가도 의심이 들어 멀어지고
싫어하려다가도 맘이 약해져
다시 한번 쳐다보게 되고
뭐 하나 내 뜻대로 되는 게 없다.

# 착하지 않아도 괜찮아 I

세상에 내가 알 필요가 없는 사람들이 존재하듯
내가 알 필요가 없는 감정들도 존재한다.
즉 내가 신경 쓰고 마음을 써야 할
감정들이 아니라는 거다.

내가 좋아하는 사람도 아니고
오래 알고 지낸 사람도 아니고
친분을 유지했던 사람도 아닌데
날 싫어하든 미워하든
그건 오로지 그 사람의 감정이지 내 감정이 아니다.

가능하면 누구에게도 미움을 사지 않고 살면 좋겠지만 모든 사람에게 미움을 받지 않는다는 건 불가능한 일이다. 대부분의 사람은 나의 편도 아니고 나의 적도 아니다.

또한 내가 무슨 일을 하건 어디에 있건
나를 좋아하지 않는 사람들은 있게 마련이다.
모든 사람이 나를 좋아하기를 바라는 것은
지나친 기대이자 욕심이다.
행복해지려면 미움받을 용기도 있어야 한다.
그런 용기가 생겼을 때 관계의 행복은 확실히 달라진다.

## 혼자여도 괜찮아

어릴 때 친구들과의 관계에 얽매여 산 적이 있었어.
친구가 없는 게 왠지 내 자신이, 내 성격이
이상한 탓이라고 생각했거든.
친구들이 나를 증명해주는 거라고 생각했거든.

근데 그게 아니더라.
그냥 단지 나와 맞지 않는 사람들은 있기 마련이
더라.
그런데 미련하게 비위 맞추느라 애만 썼더라.

친구가 없다고, 혼자라고
절대 네가 못난 사람이 아냐.
지금, 현재 자기 일 열심히 하고
자기 삶을 집중해서 살다 보면
좋은 사람들은 따라붙게 돼 있어.
그러니 인간관계에 너무 얽매이고 힘들어하지 않았으면 좋겠어.
사람이 떠나가는 걸 두려워하지 않았으면 좋겠어.

# 선을 넘는 사람들

나와 마음이 같지 않은데
나와 같기를 요구하는 건
욕심이고 이기심이라는 말을 기억한다.
나에게도 나만의 마음 공간이 있듯이
각자만의 마음 공간이 있다.
그 공간의 벽을 넘지 않았으면 좋겠는데
그 벽을 넘는 사람이 의외로 많다는 걸 알았다.
그런 사람들을 보며 느낀 건 나도 누군가에게는
불편하고 부담스러운 존재일 수 있다는 것이다.
그래서 너무 가깝지 않게 친해지고 싶다.

적당한 거리를 두고
더 가깝지도, 더 낯설지도 않게
상처를 주지도 않고,
상처를 받지도 않을 만큼의 거리.
딱 그만큼만 친해지고 싶다.

사람과 사람 사이에는
상처받지 않을 거리가 필요하다.
온전한 내 삶을 지킬 수 있는
나만의 거리가 필요하다.
너무 많은 관심도, 모른 척 하는 무관심도
적당한 걱정, 적당한 간섭,
그 중간을 지키는 게 관계를 지키는 일이 아닐까.

# 억지 인연들

굳이 애쓰고 노력하며 이어가지 말자.
스쳐 가는 인연들에 내 진심을 쏟지 말자.
그냥 그때뿐이다.
흔들리고 아픈 것도

내 인생에서 어차피 떠날 사람들이면
내 곁에서 오래 머물렀다 정들게 하여
나를 힘들게 하지 말고
차라리 바람에 스치듯 떠나버렸으면 좋겠다.

## 선택

떠나려는 사람을 가로막지 말고
사랑할 줄 모르는 사람에게 가치를 주지 말고
이해하지 못하는 사람에게 말하지 마라.

결국은 내가 선택하는 거다.
상처를 받을지 말지는.

# 폭탄 버튼

누구나 폭탄 버튼 하나쯤은 품고 살지.
근데 그 폭탄 버튼이 어디서 어떻게 누구한테 눌릴지
모르는 거야.

살다 보면 건드리지 말아야 할 곳을 건드리는 사람들
이 꼭 있거든
몇 번 빨간불이 울리면서 경고를 주다가
결국은 펑 하고 터져버리고 마는 거지.
근데 그 한 번 켜져버린 폭탄 버튼이
다시는 꺼지지 않는 사람도 있고
다시는 켜지지 않는 사람도 있고
아픔을 참고 살아버리든지
아픔을 터트려 버리든지
그뿐이겠지.

## 끊임없는 반복

누군가 내 옆에 다가오기도 하고
때로는 혼자 남겨질 수도 있고
사람들과 뒤엉켜있기도 하고
그 안에서 갈라지기도 하고
그러다 다시 혼자가 되기도 하고
상처를 받고 상처를 주고
슬픔을 느끼다 행복함을 느끼고
괴롭다가 즐겁다가 울다가 웃다가
자책도 했다가 원망도 했다가
그리워했다가 후회도 했다가

인생이란 게 이 모든 것들의 끊임없는 반복이겠지
그 반복 속에 우린 성숙해지는 거겠지.

## 상처의 이유 I

괜찮다고 생각했는데
이 정도쯤이야 아무것도 아니라고 생각했는데
그럴 수도 있지 하며 웃어넘겼는데
그럴 수도 있겠지 하며 이해하고 넘겼는데
이런 일들이 무덤덤하게 느껴졌을 때
그때야 내가 상처받은 걸 알았다.

억지로 뭔가를 참으려고 하는 건 항상 힘들다.
억지로 생각을 안 하려고 하는 거
억지로 마음을 접으려고 하는 거
이젠 괜찮다며 애써 부정하는 거
이 모든 것들이
결국 내가 나를 상처 주고 있었던 것.

나는 전혀 괜찮지 않았다.

# 멈춰야 한다

잘못된 관계에서 행복을 찾는 것을 멈춰야 한다.
당신이 혼자일 때보다
당신을 더 외롭게 만들 것이다.

텅텅 비어버린 마음속을 들여다보는 것을
멈춰야 한다.
나를 이해하지 못하는 사람들 속에서
나를 자책하는 것을 멈춰야 한다.
나를 행복하게 할 마음이 없는 사람의
행복을 위해서 노력하는 것을
멈춰야 한다.

언젠가는 그 진실을 받아들이고
잘못된 사람들과 시간 낭비 하는 것을
멈춰야 할 때가 온다.

# 그런 사람

"난 괜찮아"라고 말을 해도

누군가 내 눈을 보고

"넌 괜찮지 않아.
내 앞에선 괜찮은 척 안 해도 돼.
울어도 돼."

라고 말해주는 사람이 필요하다 지금 내겐.

## 부정에서 멀어져라

부정적인 사람과의 논쟁에서는
절대로 이길 수 없다는 걸 깨달았다.
그들은 자신이 알고 있는 것만 전부인 줄 알고
이미 결론을 내놓고 대화를 가장한
일방적인 자기주장만 옳다고 할 뿐이다.

부정적인 사람과의 대화는
절대로 유쾌할 수 없고 즐거울 수 없다.
사람의 기운은 옮겨가기 마련이다.
내 기운을 다 빠지게 하는 사람 말고
서로 좋은 기운을 주고받을 수 있는
좋은 사람들을 곁에 두자.

좋은 사람들을 만나
좋은 기운을 받아
좋은 생각만 하며 살자.

# 멀어지는 사람들

점점 맘속에서 멀어지는 사람들이
많아지는 거 같아.

한결같지 않은 사람.
속이 다 보이게 머리 굴리는 사람.
필요할 때만 연락하는 사람.
친해진 줄 알고 말 함부로 하는 사람.
빈말들만 늘어놓는 사람.
그냥 딱 거기까지인 사람.

결국은 멀어질 관계들이 아니었을까
그런 사람들을 나 혼자서 계속 쳐내게 돼.

어릴 때는 사람 욕심 많고 사람이 좋아서
다 잘해주고 성격도 맞춰가며 만나곤 했는데
지금은 나와 안 맞는 사람들에게까지
굳이 웃고 비위 맞춰주며
잘해 줄 필요가 있나 싶더라.
그런 관계들을 내려놓게 되니까
너무 편해지는 거 있지.

내 주위 사람의 성격을 바꿀 수는 없겠지만
내 주위에 둘 사람을 바꿀 수는 있어.
어떤 사람들과 함께 어울리며 살아갈지는
결국 나의 선택인 거야.

# 사람들

자신들의 말을 들어주지 않거나
의견이 다르다고 해서
바로 돌아서 비난하는 사람들이 있고

남에게는 아무렇지 않게 상처를 주면서
정작 자기 자신에 대한 단 하나의 비난도
못 참고 억울해하는 사람들도 있다.

내가 비난을 받고 있을 때
같이 가슴 아파해 주며
내 편에서 싸워주는 사람이 있고

행여나 자신에게도 그 불똥이 튈까 봐
모른 척 돌아서는 사람도 있고

이때다 싶어 같이 비난에 동참하며
나를 떠난 사람도 있고

그저 말없이 나를 안아주며
묵묵히 믿어주고 응원해주는 사람들이 있다.

힘든 일들을 겪을수록
내가 초라해질수록
내 곁에 남을 사람들과 떠날 사람들은
분명하게 갈렸고
나는 오히려 그것에 감사했다.

# 착하지 않아도 괜찮아 II

상대가 날 힘들게 하는 게 아니라
결국 내가 나를 힘들게 하는 거야.
끊어내야 할 사람을 끊어내지 못하고
나에게 상처 준 사람에게까지 친절하려고 애를 쓰고
더럽게 끝난 사이를 끝까지 좋게 끝내려고 하는 내가
나를 괴롭히는 거야.

착하지 않아도 괜찮아.
나쁘면 나쁜 대로
싫으면 싫은 대로
미우면 미운 대로
그렇게 살아도 괜찮아.

## 희생

희생하는데 익숙해진 사람은
자기 자신을 위할 줄을 모르고
희생 받는데 익숙해진 사람은
고마움을 모른다.

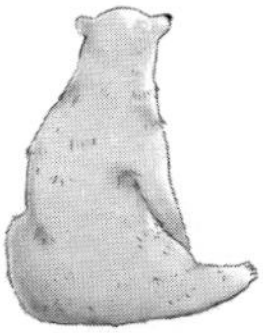

# 인성

착한 거랑 멍청한 거랑 다르듯이
순진한 거랑 눈치 없는 거랑 다르듯이
잘난 거랑 잘난 체랑 다르듯이
겸손이랑 내숭이랑 다르듯이

단 한 끗 차이로 알 수 있는 것.

숨긴다고 숨겨지지 않고
감춘다고 감춰지지 않고
억지로 꾸며낼 수 없는 것.

그게 바로 사람의 인성이다.

# 나는 그런 사람이 참 좋다

꼬인 게 없는 사람을 보면
마음이 편해지고 기분이 좋아진다.
뭔가를 비꽈서 듣지 않고
비꽈서 보지 않는 거.
단순하게 보일지는 몰라도
자신의 신념은 확실하되
못나게 사람을 보지 않는 마음.
나는 그런 사람들이 참 좋다.

# 이해

누군가를 이해하는 것은 참 어렵다.
나는 그 사람의 입장이 돼본 적이 없고
그 사람 역시 남을 이해시키려고 사는 게 아닐 테니까
하지만
남에게 이해받지 못한다는 건
너무나 슬픈 일이고
남에게 이해받는다는 건
너무나 고마운 일이라는 걸.

## 우울증

우울증을 겪고 있는 사람들의
가장 큰 특징 중 하나는
“남들이 봤을 때 행복해 보이는 사람”
이라고 한다.
맞는 말인 거 같다.
슬픔과 고통은 혼자 있을 때 밀려 들어와
결국 혼자 견뎌야 하는 거니까.

## 어찌 내 맘 같으랴

사람이 어찌 다 내 맘 같으랴
내가 누군가에게 섭섭하고
누군가를 싫어하듯이
누군가도 나에게 섭섭하고
나를 싫어하듯이
그저 흘러가는 대로 바라는 거 없이
내버려 두면 될 것을
그 욕심을 못 버려 그렇게도
집착하며 살고 있지 않은가.

## 이대로 괜찮은 걸까

영악하게 살려고 노력해도
진짜 영악한 사람은 이길 수가 없고
독하게 마음먹으려고 해도
진짜 독한 사람 앞에서는 늘 무너져버리고
냉정한 사람이 될 거라고 다짐을 해도
진짜 냉정한 사람 앞에서는
눈물만 보이고 말았다.

나, 이대로 괜찮은 걸까.

# 어떤 사람

누군가에게는 좋은 사람이
나에게는 나쁜 사람이 될 수 있고

나에게는 좋은 사람이
누군가에게는 나쁜 사람이 될 수 있다.

나에게는 큰 상처가
남에게는 별거 아닌 웃음거리가 되고

나에게는 별거 아닌 일들이
남에게는 큰 상처가 된다.

사람의 입장이 이렇게나 다르고
사람의 기억이 이렇게나 다르다.

## 눈치 없는 사람

상대방이 피하는 거 같으면
어느 정도 거리를 둘 줄도 알아야지.
무조건 자기 마음 왜 몰라주냐고
섭섭하다고 투덜거리기 전에
상대방이 싫어하는 마음도
인정하고 받아들일 줄도 알아야지.

눈치도 예의야.

## 사람들이 내게 준 건

살면서 누구의 탓도 하지 마세요.
좋은 사람은 당신에게 행복을 주고
나쁜 사람은 당신에게 경험을 주며
최악의 사람은 당신에게 교훈을 주고
최고의 사람은 당신에게 추억을 줄 테니까요.

## 힘들 때면

예전엔
힘들 때만 내게 연락하는 사람들이 싫었는데
지금은
힘들 때면 내가 생각난다는 말이 좋더라.

자신이 최악을 경험할 때
아무도 믿지 못하겠을 때
내가 생각났다는 건
그래도 내가 그 사람에게
의미 없는 사람은 아니었구나 싶어서

그러니 힘들 땐 언제든지 얘기해.
난 변함 없이 여기 이대로 있을 테니.

# 끝난 인연

진작 끊었어야 할 인연을 너무 오랫동안 끌고 왔다.
어떻게든 좋은 인연으로 남아보려 했던 걸까
어쩌면 미련한 내 정 때문이고
내 욕심이었을지도 모른다.

"역시나 했더니 역시나구나"
이 생각이 드는 순간
진짜 이 인연을 끊어내야 될 때가 왔다고 생각했다.

기대감이 없는 사람에게는 실망감도 느껴지지 않는다.
하지만 난 여전히 기대했고 여전히 실망하고 있었다.
그게 역시나 했더니 역시나가 되는 순간이다.

# 참 어렵고 무섭다

괜찮은 사람인 것 같다고 생각했었는데
아니란 걸 알았을 때
또 한 번 깨달음과 함께
난 아직도 멀었구나 한탄 섞인 한숨 한번 내뱉고
어리숙한 표정 뒤에 숨긴 가식적인 본모습에
다시 한번 사람이 무섭다.

사람으로 인해 외로워지고
사람으로 인해 행복해지고
사람으로 인해 늘 무너져 버린다.

참 어렵다 사람.
참 무섭다 사람.

## 놓아줌에 행복해져

이 세상에 변하지 않는 관계는 없다.
한 사람만 변해버려도 끝나버리는 게 인간관계인데
인연이란 말 만큼 부질없고 허망한 게 또 어딨을까
절대로 못 놓을 거 같던 사람도, 감정도,
다 놓아질 때가 온다.
다 괜찮아질 때가 온다.

그 사람만 변한 게 아니고
그렇게 힘들어하던 내 마음도 변할 때가 온다.

놓아준다는 것이 더 이상 누군가를
신경 쓰지 않는다는 의미는 아니다.
내가 진정으로 통제할 수 있는 유일한 사람은
바로 나 자신이라는 것을 깨달았을 뿐이다.

## 있는 그대로의 나를

바보 같은 짓을 할뻔했어.
나를 싫어하는 몇 사람들 때문에
괜히 쓸데없이 나를 바꾸려고 했어.
바꾼다고 바뀔 나도 아닌데 말이야.
그냥 내 모습 그대로를 좋아해 주는
사람들을 잊을뻔했어.

# 그런 척

어쩌면 내가 제일
가식적으로 살고 있지 않았을까

행복하지 않은데 행복한 척을 하고

우울해서 미칠 것 같은 날들을
더 웃으며 밝은 척을 하고

내게 상처 준 모든 것들에게서
괜찮은 척 쿨한 척 상처받지 않은 척을 하고

매일을 그리워했으면서
매일을 보고 싶어 했으면서
다 잊은 척 이젠 생각나지 않은 척을 하고

외로워서 죽고 싶은 날들을 견디면서
나는 강한 척 미소 짓고 있었던 건 아닐까.

## 사람들, 그리고 위로

살다 보면 우리는 사람들에게서 위로를 듣곤 한다.
그게 짧은 한마디건 긴 대화건 상관없이
그 말들 속에 진심이구나
느끼게 해주는 사람이 있고
얼굴을 마주하고 있어도
정말 영혼 없이 형식적인 위로를 하는구나
느낄 때가 있다.

뜻밖의 사람들에게서 위로를 받기도 하고
기대하고 당연하게 생각했던 사람들에게
실망을 하고 서운함을 느끼기도 한다.

그래서 이젠 다른 사람에게
내 상황에 대해 말하기보다는
입을 다물게 된다.
진심이 담기지 않은 위로는
내게 또 다른 상처로 다가온다는 걸 알았기 때문에.

가벼운 말만큼 덧없는 건 없으니까.

# 놓아버리다

포기할 수 없다고 생각했던 사람을 포기하고
잃을까 봐 두려워했던 사람을 놓아버리고
받아들이지 못할 사과를 받고
미안해하지 않는 사람을 용서하고
잊을 수 없다고 말했던 것들을 잊어버렸다.

내 마음과 내 뒷모습에
더 이상 아무것도 남지 않았다.
나는 이제 괜찮다고 말한다.

# 삶은 참

슬픔이 찾아오니
행복의 소중함을 알게 되고

시끄러움 속에 있다 보니
침묵의 중요함을 알게 되고

존재가 없어지니
그 사람의 가치를 알게 된다.

삶은 이렇게 참 아이러니하다.

# 나이를 먹는다는 건

말은 줄어들고 생각은 많아지고
돈은 줄어들고 쓸데는 많아지고
집착은 줄어들고 미련만 많아지고
사람은 줄어들고 추억만 많아지고
잠은 줄어들고 고민만 많아지고

참 좆 같네 나이 먹는 거.

## 나는 더 이상

나는 더 이상 누군가를 위해 싸울 힘이 없다.
나는 더 이상 잘못된 것을 바로잡을 힘이 없다.
나는 더 이상 내가 원하는 것을 요구할 힘이 없다.
나는 더 이상 나를 괴롭히거나 내 감정을
고려하지 않는 사람들에게서 침착해질 힘이 없다.
나는 더 이상 이기적인 사람들에게서 관대해질 힘
이 없다.
나는 더 이상 나를 좋아하지 않는 사람들에게서
시간을 낭비할 힘이 없다.
나는 더 이상 사람을 기다릴 힘이 없다.
나는 더 이상 내 자신에게 거짓말할 힘이 없다.
나를 파괴하는 모든 것들과
내가 멀리 떨어져야 할 사람들에게서
도망칠 힘밖엔 남지 않았다.

## 무식한 인간

무식함이라는 건
많이 배우고 못 배우고의 차이가 아니다.
상대방을 배려 안 하는 거
자기 하고 싶은 말만 하는 거
자기 잘못을 인정 안 하는 거
자신의 무례함을 상대방 탓으로 돌리는 거
자기가 아는 게 전부인 줄 아는 거
이 모든 것들이 무식한 인간을 만든다.

# 싫습니다

분명 나한테 먼저 무례하게 굴어놓고
내가 맞받아치면 나한테도 잘못이 있는 것처럼
말하는 인간을 경멸해.

# 오늘도 반성합니다

우리는 혜민 스님이 아니고 법륜 스님이 아닙니다.
말씀을 듣고 책을 읽었을 땐
"아 그래 맞아, 내가 그때 왜 그랬을까
다음엔 저렇게 해야겠구나"
말씀 한마디 한마디를 글귀 한자 한자
마음에 새기며 폰 배경화면에 저장해두고
나 자신을 반성해 가며 다짐하지만
막상 또 똑같은 상황이 오면
반성이고 나발이고 시팔저팔부터 찾는 게
세상의 이치입니다

그런 나를 또 반성합니다. 시팔...

# 어쩌라는 거냐

감성적이면
넌 왜 이렇게 진지하냐 지랄이고

웃어넘기면
넌 왜 이렇게 가볍냐고 지랄이다

가벼운 진지충이 되라는 거냐 어쩌라는 거냐
뭐 시발

## 내가 만만하니

모른 척 웃고 넘어가 주는 것도 한두 번.
사람 관계 멀어지고 끝나는 거 한순간.
같이 웃고 상대해주니
내가 순진할 거란 생각은 네 착각.
그냥 지켜보고 있을 뿐.

## 그게 문제야

난 생각이 너무 과하게 많은 게 문제고
넌 생각이 없어도 너무 없는 게 문제야.

넌 내게 왜 이렇게 복잡하게 어렵게 사냐고 하고
난 네게 왜 이렇게 생각 없이 단순하게 사냐고 하고

나는 너를 이해할 수 없고
너도 나를 이해할 수 없고
아 복잡하다.

## 명심하세요

더 이상 쓰레기는 안 만나겠지 하면
또 다른 종류의 쓰레기가 기다리고 있어요.
여러분 명심하세요.
세상에는 여러 종류의 쓰레기들이 있어요.
내가 아는 쓰레기가 전부라고,
그게 다라고 생각하지 마세요.

# 이제는 그만

사람을 믿지 못하고 계속
의심만 하다 끝나버리는 사람은
사람을 좋아하고 믿은 대가로
배신만 당해왔던 사람인 거야.
사람이 싫어서가 아니라
또 소중한 내 사람을 잃게 될까 봐.
그게 무서운 거야.

# 상처받지 않는 관계

만약 당신이 다른 사람을 위해
무언가를 해준 만큼 그들도 똑같이
당신에게 무언가를 해줄 거라고 생각한다면
당신은 결국 실망감만 느끼고 끝나버릴 것입니다.

모든 사람의 마음은
당신의 마음과 절대 같지 않고
기대 없이, 바라는 거 없이
마음을 비우고 만났을 때
당신은 상처받지 않을 것입니다.

# 사랑에 흠뻑 취해도 좋으니

변하지 않을 거라고 믿었던 것들이 변하고
끝까지 붙잡고 있었던 것들이 떠나고
어떻게든 무너지지 않으려고 버텨도 무너졌다.
이제는 노력하는 것도 싫어졌다.

이제는 날 좋아해 주는 사람들만 생각하며
내가 좋아하는 것들만 보면서 살고 싶다.
사랑에 흠뻑 취해 제정신을 못 차려도 좋으니
사랑만 받으며 살고 싶다.

# 오늘도 잘 지켜냈어

난 사람과의 관계를 참 중요하게 생각했다.
한번을 봤든, 열 번을 봤든,
내겐 모든 인연들이 소중했다.
나와의 공감, 취향, 시간, 환경,
이 모든 것들이 맞아야
사람의 인연이 시작된다고 생각했다.
한 사람을 알아가고 관계를 이어가는 건
그만큼 중요하고 어려웠다.
그 인연들이
내 삶을 지켜주는 버팀목이 되기도 했다.

사람을 잃는다는 건 내겐 참 힘든 일이었다.
그 모든 것들이 맞아 시작된 인연인데
어떠한 실수로, 잘못으로
사람을 잃는다는 게 안타까웠다.
하지만, 그 한 번의 실수조차
조심스럽게 생각하는 사람이 더 많기에
나는 내 모든 인연이 조심스럽고 소중하다.
오늘도 잘 지켜내고 싶다.
사람을, 인연을.

## 할 말은 하고 살자

모든 관계에서
사이좋게 지내야 한다는
생각부터 버리세요.

사이가 나빠지면 어떻고,
싸우면 어떻고,
인연이 끊어지면 어때요.
그런 게 겁나서
하고 싶은 말도 못 하고
혼자 참다 상처받고....

그렇게 해서 끊어질 인연이라면
차라리 잘됐다고 생각해요.

# 불편합니다

사람을 불편하게 하는 사람이 싫다.
상대방이 불편해할 걸 알면서도
그렇게 행동하는 사람도
상대방 입장은 고려하지 않은 채
자기감정만 중요시하는 사람도
이런 모든 상황도 사람도 싫다.

## 혼자 있고 싶어. 하지만 옆에 있어 줘

혼자 있는 걸 싫어하지만
혼자 있고 싶어 한다는 게 문제인 거지
외롭지만, 사람이 무서운 거지.

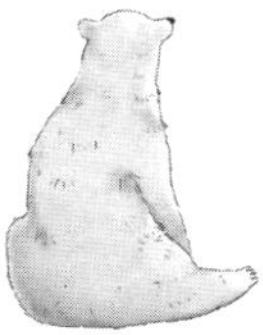

# 완벽한 내 편은 없다

항상 사람 조심해라.
조심하고 또 조심해야 할 게 사람이다.
사람 만큼 모진 것도
사람 만큼 악한 것도 없다.
앞에선 웃고 공감해 주는 척 맞장구쳐도
뒤에선 무슨 말을 할지 모르는 게 사람이다.
그 누구도 완벽한 내 편은 없는 거다.
입조심, 사람조심
제발 조심해라.

# PART 2

괜찮다고 하기엔
너무나 상처받은 날들

## 너는 왜

너는 왜 너를 아쉬워하지 않는 사람을
그리도 아쉬워하는가
너는 왜 너를 떠나려 하는 사람을
그리도 붙잡으려 하는가
너는 왜 부질없는 것들을 사랑하려 하는가
한낱 하찮은 존재의 가벼움 앞에서
너는 왜 매번 휘청거려 무너지려 하는가.

# 솔직히 말해서

의미 없던 따뜻함
의미 없던 친절함
의미 없던 다정함
의미 없던 웃음

거부하지 않던 마음
거부하지 않던 관계

장난이었다고 하기엔 너무나 진심이었고
잊었다고 하기엔 너무나 선명하고
괜찮다고 하기엔 너무나 상처받은 날들

## 오늘도 참아

보고 싶은데 보고 싶단 말을 못 하겠다.
그 사람은 날 보고 싶어 하지 않을 거 같아서
장난치듯 용기 내서 말한 내 마음을 시답잖게
받아 들일까 봐
그런 내 마음이 상처 받을까 봐
오늘도 너에게 하고 싶은 말을 꾹 참는다.

# 끔찍한 설렘

언제부턴가 누군가를 좋아하는 마음이 생긴다는 건
기분이 좋고 설레는 게 아니라
걱정부터 앞서는 괴로운 마음이 돼버렸어.
두려움이 커지고 슬픔이 많아지고
깊은 생각에 빠지게 돼.
사랑은 행복하다는 말은 다 거짓말처럼 느껴져.
행복은 아주 잠깐이고 슬픔은 길어 후회만 남게 돼.

## 이해해요

"이해해"라는 말 나오게 만드는 사람은 만나지 마.

"이해해"라는 말 자주 하다 보면

정말 네가 이해해야 할 일들만 생겨.

이해가 포기가 되는 날이 온다는 걸 잊지 마.

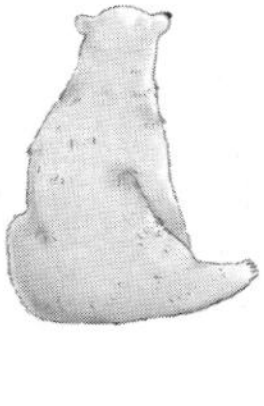

## 불행도, 행복도

끝내야 할 때 끝내지 못하면
버려야 할 때 버리지 못하면
그때부턴 비극이야.
더 좋아지려고 끝내는 게 아니야.
더 이상 나빠지지 않기 위해서 끝내는 거야.
끝이 있어야 새로운 시작도 있으니까

네가 멈춰, 네 불행
그리고
네가 잡아, 네 행복

## 그럴까 봐

사람을 믿지 못하는 내가 걱정인 건
좋은 사람이 내게 왔는데도
의심하고 밀어내다 놓쳐버릴까 봐
그게 무서운 거지.
진심을 거짓으로 믿고
거짓을 진심으로 믿어버릴까 봐
그게 걱정인 거지.

## 결국 당신을

사랑을 하면 아픔이 오고
아프면 당신이 미워지고
미워지면 잊으려 하고
잊으려고 하면 다시 그리워지고
그리워지면 결국 다시 사랑에 빠지고 마는 것을.

## 날 떠나줘서 고마워

당신이 정말 간절히 필요할 때
당신이 내 세상의 전부였을 때
내 곁을 떠나줘서 정말 고맙네요.
그 간절함이 독함이 되어 당신이 없으니
더 많은 것을 할 수 있다는 걸 깨달았거든요.

사랑에 눈이 멀어
미련했었던 내 모습을 생각하며
다시는 그때로 돌아가지 않겠다고
늘 다짐하며 살아요.

그러니 당신도 잘 지내길 바라요.

## 만날 수 없는 이유

내가 더 이상 사람을 만나지 못하는 이유는
누군가 나에게 진심을 다 하더라도
더 이상은 사람을 믿을 수 없기 때문이다.
내가 그 사람을 원하지 않는 것이 아니라
다시 누군가를 믿고 사랑하고 싶은 열정이
남아있지 않기 때문이다.
한결같지 않은 사람, 한결같지 않은 마음
이제 그것을 너무 잘 알아버렸기 때문이다.

# 실수도 선택이었어

헤어질 때는 다 그만한 이유가 있었다.
하지만 잠깐의 그리움을 못 참고
금세 그 이유를 망각해버리곤 했다.

헤어진 이유 중에 가장 확실한 건
둘이서 같이 이겨낼 의지보다
헤어지고 싶은 의지가 더 강했다는 거.
참는 것도 이해하는 것도 좋은 것도
딱 거기까지였다는 거.

헤어졌던 사람을 다시 만나는 건
내 인생의 실수였다.

## 되돌리고 싶어서

나만 잘하면 괜찮아질 거 같은 생각.

나만 참으면 괜찮아질 거 같은 생각.

나만 이해하면 괜찮아질 거 같은 생각.

끊임없이 실망하고

끊임없이 믿어주고

끊임없이 이해하려 했던 것

그게 집착이다.

# 돌아오지 않는 그 사람을

돌아올 인연이라면 붙잡지 않아도 돌아오고
돌아올 인연이었다면 붙잡으면 돌아왔을 테지

이러나저러나 결국 돌아오지 않았다는 건
그건 너와 인연이 아니라는 거겠지.

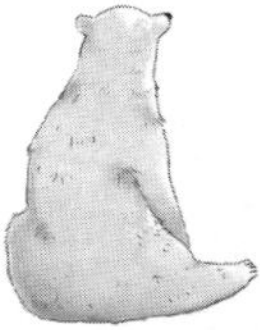

# 우리는 왜

항상 그렇다.
보고 싶은 사람에게선 절대 연락이 없고
막상 연락이 와도 타이밍이 맞지 않고
잊을 만하면 나타나 사람 마음을 뒤흔드는 게

타이밍이 안 맞은 건지
마음이 부족했던 건지

# 누군가를 사랑하면서

누구도 사랑하는 것에 지치지 않는다. 다만
기다리느라,
의심하느라,
거짓말을 듣느라,
미안하다고 말하느라,
그리고 아파하느라
지치는 것이다.

# 쓰레기

정들면 뭐가 무섭냐면
버려야 할 쓰레기도 못 버리고
계속 품고 있다가 결국 내 몸에서 악취가 나.
나도 같이 망가져 쓰레기가 되는 기분.

쓰레기를 만나면서
네가 쓰레기통이 되려고 하지 마.
쓰레기는 밖에 내다 버려.
안 그럼 너까지 쓰레기 돼.

# 괜찮아

너를 만나면서 "괜찮아"가 입버릇이 돼버렸다.
너와 싸우지 않으려고 했던 말인데
넌 진짜 괜찮다고 생각했었던 건지
너와 헤어지고 난 후에도
여전히 나는 괜찮다는 말로
나를 다독이고 있다.

"난 괜찮아."

# 너는 그런 사람을 만났으면 좋겠다

매일 지긋지긋하게 싸우더라도 힘든 일들을 같이 이겨낼 수 있는 사람을 만나고 싶었어.
싸울 때마다 안 맞는다고 헤어지자 하고 힘든 건 싫다고 떠나버리는 그런 사람 말고.

그러니 너는 꼭 그런 사람을 만났으면 좋겠다.

"그만하자, 힘들다, 헤어지자"라고 말하는 사람보다
"네가 그런 생각이 들게 해서 미안해 내가 더 잘할게, 노력할게"
이렇게 말해주는 사람을 만나서 아프지 않게 사랑을 했으면 좋겠다.

# 이별을 만지다

보고 싶지만 만날 수 없었고
밉다고 했지만 미워할 수 없었고
잊겠다고 했지만 잊을 수는 없었다.
그런 삶이 익숙할 때쯤엔
잘 지내냐고 웃으면서 말할 수 있을까 우리.

“아마도, 어디선가, 언젠가, 덜 비참한 시기에
우리는 서로 다시 만나서 웃을 수 있을 거야”

## 그렇게 살아가겠지

나를 제일 잘 알 거라 생각했던 너도
정작 나를 제일 모르고
내가 제일 많이 안다고 생각했던 나 역시도
너를 몰랐다.
마음속에서 나오는 말은 삼키려다
목에 걸려 눈으로만 너를 보고 있다.
침묵 속에 대답이 있었고
눈빛 속에 마음이 보였다.
대화가 없어진 시간들
마음이 떠났던 시간들 속에서
결국 우리도 똑같이 변해갔구나.

아마도 평생 너도 나를, 나도 너를
알아도 모른 척 알고 싶어도 알고 싶지 않은 척
그 마음들을 모르고 살아가겠지
굳이 말하지 않아도 아는 사이가 아니라
이젠 말을 하면 안 되는 사이가 돼버린 거겠지.
이렇게 끝이 난다.
너와 내가.

# 사랑은, 사람은

사랑은 단지 올바른 사람을 만났냐는 것이 아니라 얼마나 올바른 관계를 만들어 가고 있는지가 중요하다.
처음에 얼마나 많은 사랑을 받았는지가 아니라
끝까지 사랑을 받고 있는지가 중요한 것이다.

사랑한다는 말과 사랑받고 있음을 느끼게 하는 것은 다르다.
사람은 노력하는 것을 사랑하고
사랑하는 것을 위해 노력한다.
관계에 노력이 없다면 그 관계는 결코 열매를 맺지 못한다.

## 착각

아무 감정 없는 행동에 나 혼자 감정을 쌓아두고
아무 의미 없는 말들에 나 혼자 의미를 두고
아무 생각 없는 사람을 나 혼자 걱정하다
내 생각에 내가 지쳐 그렇게 멀어진다.
혼자 상상하다 혼자 판단하고
혼자 상처받고 그렇게 혼자 멀어진다.

## 내 탓입니다

반복되는 상처를 겪다 보면 결국은
내 잘못이라는 자책감이 밀려온다.

또 믿어버린 내 잘못.
또 기대했던 내 잘못.
또 속아버린 내 잘못.

그만큼 아팠고
그렇게 데이고
그렇게 상처받았으면서도
뭘 또 믿고 싶었던 건지
나는 또 내 발에 걸려 넘어진다.

실망스러움에 상대방을 탓할 필요는 없겠지
오히려 너무 큰 기대를 했던
나 자신을 탓할 뿐.

정작 상처를 준 사람은 전혀 신경도 쓰지도 않는
남은 감정은 언제나 내 몫일 뿐.

정이 많았던 사람이 언제나 더 아프다.

# 꽤 귀찮아졌어

귀찮고 피곤한 일이 돼버렸다.
새로운 사람을 알아가는 것도
서로 마음 알아본답시고
밀땅이니 뭐니 간 보는 것도
내 감정 소모하는 것도
이 모든 것들이 너무 귀찮은 일이 돼버렸다.

# 여전하구나

각자 기억이 다를 수도 있겠지
누군가에게는 중요한 기억이
누군가에게는 아무것도 아닐 수도 있겠지
너는 네가 상처받았던 것만 기억하고
네가 나에게 어떤 상처들을 줬었는지
네가 뭘 잘못했었는지 기억을 못 하는 것처럼

그런 네 모습을 보니까 그냥 딱 싫어지더라.

아, 넌 여전히 변한 게 하나도 없구나.

# 애쓰다가 상처받고

오지 않는 연락을 기다리며 한참을 생각했어.
혹시 어디 아픈 건 아닌지
혹시 무슨 일이 있는 건 아닌지
혹시 많이 바쁜 건 아닌지
혹시 너도 나처럼 망설이고 있는 건 아닌지
혹시 너도 내 연락을 기다리고 있는 건 아닌지

그렇게 수백 수천 번을 고민하다가
너무나 태연히 잘 지내는 네 모습을 보고
그때서야 깨닫게 됐어.

연락하지 않는 건 이유가 없다는 거.
그냥 하기 싫어서 안 하는 거뿐이라는 거.
애써야 하는 관계는 결국 날 힘들게 한다는 거.

이제 그만 상처받아야지.

## 우리가 사랑할 때

불안하게 하지 않아.
헷갈리게 하지 않아.
망설이게 하지 않아.
외롭게 하지 않아.

널 진짜 좋아하는 사람이라면.

## 진심이 담긴 진심

진지하지 않은 사람에게 절대 진심을 다하지 말 것.
진심인 사람에게 절대 감정 장난질하지 말 것.

그 사람에게 맞는 대접을 해줄 것.
그리고 너도 그만한 대접을 꼭 받을 것.

# 상처의 이유 II

내 문제는 이거였다.
나에게 딱 그 정도인 사람에게
나도 딱 그 정도만 해주면 되는 건데
항상 그 이상을 해주려는 게 문제였다.
돌려받지 못해도 잘해주고 싶었던 그 마음.

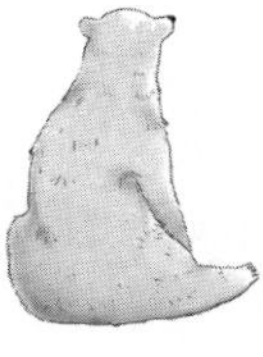

## 여기까지

내가 놓아버리면 끝나는 관계.
결국은 나만 붙잡고 있었던 관계.
나와의 이별을 아쉬워하지 않는 사람을
나 혼자 아쉬워하며 그리워했던 날들.
결국은 언제든지 나를 떠났을 사람.
나를 중요하게 생각하지 않는 사람을
생각하며 보냈던 수많은 날들.

## 상대의 가벼움

너한테 잘해줬었던 건
서운한 게 있어도 말하지 않았던 건
너한테 만만한 사람이 되고 싶었던 게 아니라
너한테 좋은 사람이 되고 싶었던 거야.
근데 어쩌다 나의 진심이 만만함이 돼버렸을까
줬던 만큼 돌려받고 싶은 내 잘못일까
받은 만큼 돌려주지 않은 네 잘못일까

# 너무 힘들다

나는 더 이상 너의 삶에 있지 않았고
너는 내게 더 이상 아무 말도 하지 않았다.
네가 내 곁에 없다는 것이 날 힘들게 만든 건
아니었다.
날 힘들게 만든 건.
이젠 네가 내 인생에 없는데
자꾸 네가 떠올라 머릿속에 있는 너를 보고 있는
나였다.

## 추억 속의 우리는

시간은 모든 마음과 기억을 과거로 바꾸고
약속은 가슴의 상처로 남았고
그리움은 영원한 추억 속으로 사라져 버렸다.
추억 속에서 우리는 웃고 울고
한결같았고 행복했고 사랑했었다.
모든 말들을 웃는 얼굴을 그대의 목소리를
기억한다.
그런 시간은 존재하지 않았던 것처럼 변했고
내 기억 속의 그 사람은 이젠 그 사람이 아니고
우리는 전혀 다른 사람이 돼 있었다.
마치 환상을 보듯 추억을 기억하며 살아간다.

우리는 사랑한 만큼 불행했고
생각한 만큼 행동하지 못했으며
인생의 절반을 그리움과 후회 속에 살아간다.

# 행복해졌으면 좋겠다

서운하단 한 마디에 멀어진 관계라면
차라리 끊는 게 나아.
서운한 마음 들게 해서
미안하단 말이 먼저 나오는 사람이랑
서운해하는 마음 앞에
핑계 대는 사람이랑은 하늘과 땅 차이니까

차가운 무관심에 아파하지 말고
따뜻한 다정함에 행복했으면 좋겠다.

## 붙잡고 싶어도

가겠다는 사람 붙잡지 말고
오겠다는 사람 막지만 마라.
붙잡는다 한들 갈 사람은 기어코 가고
막는다 한들 곁에 올 사람은 반드시 온다.
그리움을 붙잡지 말고
마음을 항상 열어두고 살아라.

# 이별 앞에서

너는 뭘 잘했다고 내 앞에서 그렇게 당당하고
나는 뭘 잘못했다고 네 앞에서 그렇게 울었던 걸까
떠날 사람은 나였는데 왜 네가 떠나버렸을까.

# 네가 아프지 않았으면 좋겠어

똑같이 싸우고 똑같이 다쳤어도
남의 상처 신경 쓰느라 내 상처를 못 봐,
그래서 난 오늘도 네 마음이 다쳤을까 봐
많이 신경 썼었고 많이 생각했어.

# 다시는

다신 믿지 않을 거야.
다신 기대하지 않을 거야.
다신 사랑하지 않을 거야.

다짐하고 다짐하다가도
누가 나한테 조금만 잘해주면
그 마음들 언제 그랬냐는 듯
무너져버리고 외면해버리고 싶은 게
이렇게 나약한 게
사람 마음이더라.

## 만날 수 있을까

내 과거를 들춰내는 사람 말고
내가 기댈까 봐 도망가는 사람 말고
내 과거를 알았음에도
내 아픔들도 내 누추한 모습까지도
괜찮다고
보듬어줄 수 있는 사람을
안아줄 수 있는 사람을
만나고 싶어.

## 지울 수 있을까

받은 상처는 모래에 기록하고
받은 은혜는 대리석에 새기라는 말이 있다.
상처는 지워버리고 고마움은 오랫동안 간직하며
살고 싶은데
어째서 고마움보다 상처가 더 선명하게 기억에
남는지 모르겠다.
아마도 행복함 뒤에 오는 상처라 절대로 잊혀지지
않나 보다.
행복했던 추억보다 아팠던 기억의 힘이 더 센가 보다.

# 자존감

내게 상처 주는 사람을 좋아하고
진심이 없는 사람을 좋아하고
진실하지 않은 사람을 만나고
어떻게든 잘해보려 아등바등 애태우며
애썼던 날들.

진심이 통한다는 말도
서로 진실할 때나 가능한 거지.

남에게 사랑받는다는 느낌으로
자존감이 올라갈 거라고 생각했던 게
얼마나 한심한 짓이었는지.

## 참 쉽다

참 쉽게도 떠나더라
사람 마음이

참 쉽게도 말하더라
사람 마음을

참 쉽게도 어기더라
사람 약속을

참 쉽게도 여기더라
사람 인연을

## 나 좀 챙겨줘요

누가 나 좀 챙겨줬으면 좋겠다.
때 되면 밥은 먹었는지
잠은 잘 잤는지
아픈 데는 없는지
어디 가고 싶은 데는 없는지
오늘 하루 속상한 일은 없었는지
그냥 나의 하루를 궁금해하는
사람이 있었으면 좋겠다.
나의 일상을 이야기할 수 있는
사람이 있었으면 좋겠다.

## 변명

딴 거 필요 없어.
좋아하면 연락하는 거고
관심 없으면 연락 안 하는 거야.
마음 감정 확인하는데
연락처럼 확실한 게 없어.
그 어떤 경우에서든 시간이 없다는 말은 믿지도 마.
시간이 없는 사람은 없어.
단지 마음이 없을 뿐이지.
좋아하는 마음 앞에 핑계는 없는 거거든.

좋아했으면 연락했을 거고
놓치기 싫었으면 연락했을 거고
보고 싶었으면 연락했을 거고
진심이었다면 연락했을 거야.

네가 누군가에게 정말 중요한 사람이라면
그 사람은 너를 위해 항상 시간을 만들어 낼 거야.
어떠한 변명도,
어떠한 거짓말도 안 할 거고
약속을 깨는 일도 없을 거야.

# 잘해주지 말아요

어쩌다 누가 나한테 잘해주면 착각에 빠져.
어리석지, 참 어리석어
친절과 가식과 천성과 기질에 매번 헷갈리니까
사람의 진심과 거짓은 혼동하기 쉬워서
무엇이 진실이고 무엇이 거짓인지
어디서부터 진실이고 어디서부터 거짓인지
모르겠거든
그래서 매번 후회를 해.

## 잘해주세요

무심한 듯 다정하게 이런 개소리 하지 마.
다정할 거면 처음부터 끝까지 한결같이 잘 해줘.
무심하다가 무슨 선심 쓰듯 인심 쓰듯 한 번씩 잘 해주고 사람은 이렇게 다뤄야 한다는 개소리 하지 말고.

# 살아보니

왜 더 잡지 못했을까
아쉬운 사람이 있고
왜 더 빨리 놓지 못했을까
후회되는 사람만 있을 뿐.

# 잘된 일이야

내가 원치 않는 이별이었을지라도
시간이 지나 생각해보면
나를 위한 이별이었던 거 같아요.
잘된 일이었죠.

많이 좋아했고 많이 소중했지만
나 혼자서 잘해보려 애를 썼던 동안
이상하게 후회가 없어졌어요.
후회 없이 놓을 수 있어서 참 다행이에요.
기대감이 없어지니 더 이상 아프지 않았거든요.

잘 가요, 내가 사랑했던 사람이여.

# 익숙함에 무너지지 않기를

익숙함은 독이다.
다 필요 없고 딱 하나만 보면 된다.
한결같은지 아닌지를

한결같음에 진심과 노력이 보이고
변함에 핑계와 거짓이 보인다.

## 버티다가 무너지고

믿음 하나로 버티는 게 사람이고 사랑인데
그 믿음이 깨져버리니까 모든 게 무너지지
삶도, 사람도

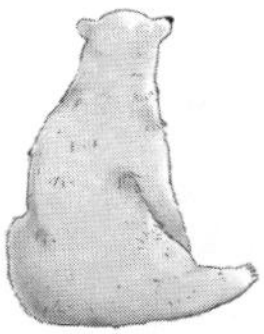

## 지금 이 시간

나는 나중이 중요한 사람이 아니고
지금 살고 있는 이 시간이 중요한 사람이다.
지금 내가 행복하지 않으면
너란 사람도 내게 아무 의미 없다.
날 지금 아프게 하는 사람은
결국 나중에도 아프게 하니까.

## 너는 꼭

같이 성장하고 같이 아파하고
같이 노력하고 같이 공감할 수 있는 사람을 만나.

경험만 많은 쓰레기를 만나서
괜히 겪지 않아도 될 경험을 하지 말고.

# 꽃길만 걷자

"혼자여도 좋으니 꽃길만 걷자.
같이 걷는 진흙탕 길이 꽃길이라고 착각하지 말고"

## 절대 채워지지 않는 것

사람들은 공허함을 채워주는 사람을 만나
사랑하고
떠날 때 공허함을 만들어 준 사람을
잊지 못한다.

그리고 깨닫는다.

내 삶의 공허함은
절대 남의 것으로 채울 수 없다는 것을.

# 여전히

넌 절대 진정한 인연을 찾을 수 없을 거야.

여전히 그 잘못된 인연을 붙잡고 있다면.

## 의미 없던 마음

친절함도 좋고 다정함도 좋고 그 손길도 좋지
근데 그 앞에 "의미 없는"이 붙는다면
그때는 상처인 거지.
착각이고 오해였단 그럴듯한 포장으로
한 사람만 바보 만드는 거니까
오죽하면 의미 없는 다정함은 범죄라고 하겠어.
순간을 소중히 여기는 거랑
순간을 즐기는 거랑은 다른 거잖아.
그 순간이 지나고 나면 그 사람한테 난 없을 텐데
그런 사람과 나눴던 대화가 무슨 의미가 남겠어.

의미 없는 다정함에 속아
달콤한 말에 휘둘려
나는 그동안 얼마나 많은 감정 낭비를 했을까

# 담배

그러니까 너는 나한테 끊은 담배 같은 존재였어.
습관처럼 생각은 나지만 나한테 좋을게 하나도 없는
단지 나와 오랜 시간을 한 몸같이 있던 사람이라
나쁜 건 줄 몰랐던
하지만 나를 병들게 하고 있었던
나쁘고 구역질 나는 달콤한 기억이야
너는.

# 마음이란 게 그래

사람 마음이란 게 그런 거야.
다가오면 도망가고
도망가면 잡고 싶고
잡으면 멀어지고
멀어지면 다시 다가가고 싶은 게
사람 마음인 거야.

그러니까 너무 다가가려 애쓰지 마.
멀어져도 결국 다시 다가올 사람이 생길 테니까.

# 그땐 몰랐지

앞뒤 생각하지 않고 조건 없이 가식 없이
내 마음 다 보여주며 직진만 했었던
열정이 넘쳤던 마음.

얼굴만 보고 있어도 마냥 좋았던
가슴 뛰는 설렘.

하루라도 안 보면 미칠듯했던 애틋함.

그땐 몰랐지,
인생에 그런 일은 딱 한 번뿐이라는 걸.

이젠 사람을 만나도 조건들을 따져가며
하나라도 아니다 싶음 마음을 접게 되고
손해 보기 싫어서 계산적으로 변하게 되고
더 좋아하는 게 싫어서 마음을 숨기고
자꾸 아닌 척 괜찮은 척하는 시간들만 많아지더라.

그러니 사랑할 수 있을 때 마음껏 사랑해.

## 오랫동안

기억은 절대로 지워지지 않고
상처는 절대로 사라지지 않고
슬픔은 절대로 없어지지 않고
당신은 절대로 잊혀지지 않는다.

그렇게 당신은 내 머릿속에 지독하게 파고들어
내 아픔은 괜찮아지지 않으려나 보다.

## 이젠 너도

무소식이 희소식이라고
궁금해하지도 말고 알려고 하지도 마.
그 사람 너 없이도 잘살고 있어.
이제 쓸데없는 걱정 같은 건 그만하고
너나 잘 살아.

## 원하고 원망해

당연히 그립지 근데 보고 싶진 않았어.
보고 싶어 근데 만나고 싶지는 않더라고
여전히 사랑해 근데 그 사람이 너무 미워.

그냥 이렇게 잊어가고 싶어.

그리워하면서도 미워하고
미워하면서도 보고 싶어 하고
보고 싶어 하면서도 원망하고
원망하면서도 기억하고
기억하다가도 지워버리려 애를 쓰고

그냥 이렇게 살아가.

너는 더 이상 나에게 오지 않을 거고
나는 더 이상 너에게 가지 않을 거니까.

## 이제 그만 해야지

이젠 네 연락 기다리는 짓 그만하려고
울리지 않는 전화를 자꾸만 들여다보고
혹시 자고 있을 때 연락이 왔을까 봐
눈 뜨면 기대하는 마음으로 핸드폰을 보고
너도 내 소식을 볼까 봐
카톡 프로필을 바꾸고 또 바꾸고
너도 날 생각하진 않았을까
혼자 멋대로 착각하는 짓도
이젠 정말 그만해야지.

이런 내 모습에 기가 막혀
아직도 난 왜 이러는 거냐고.

# 그러니까 다치지

두 사람이 같이 줄을 잡고 있다가
한 사람이 갑자기 줄을 놓고 떠나버리니
그 줄을 끝까지 놓지 않고 잡고 있었던 사람만
다치고 휘청거리지.
그러니까 마음이 다치는 거지.

# 다만

마음을 주되 그 마음을 이용당하지 말고
그를 믿되 순진하게 너무 다 믿지는 말고
사랑은 하되 너 자신을 잃지 않았으면 좋겠다.

## 네가 나의 전부였었다

나를 죽이는 것도 살리는 것도
너뿐이라고 생각했었다.

네가 없는 삶이 죽을 듯이 힘들어서
네가 곁에 있어야만 살 거 같아서
그렇게도 너를 찾았었나 보다.
그렇게 부득부득 네 옆에 있으면서도
죽어가는 건지 사는 건지도 모르게
살아가고 있었나 보다 난.

나는 내가 사랑하는 사람을
잃어버리는 건 무서워도
내가 나를 잃어버리는 건
무섭지 않았나 보다.

나를 잃어가는지도 모르고
나를 사랑할 줄 모르고
다른 사람을 참 미련하게도 사랑했었나 보다.

시간이 너를 잊게 하진 않았다.
오히려 시간이 흐를수록
너에 대한 그리움과 애틋함만 선명해져 갔다.
내 삶의 한 부분을 함께 했던
추억이 공존하는 너를 절대 잊을 수는 없다.

하지만 나는 이제 너 없이도 잘 살아간다.

# 다짐

과거에 미련 두지 마라.
끝나버린 관계에 아쉬워하지 마라.
사람에게 기대지 마라.
연락에 집착하지 마라.
사람에게 너무 잘해주지 마라.
변명 앞에 서운해하지 마라.

노력한다고 되는 게 아니더라.
서로 생각하고 좋아하는 마음이 있다면
얼마든지 다시 시작할 수 있다는 걸 잊지 마라.

# 정작 나란 사람은

나는 왜
좋은 사람을 만나지 못하는 걸까 생각해 봤는데
내가 그런 사람들만 좋아하고 있었던 거야.

남의 사람은
나쁜 사람, 착한 사람 그렇게 구분도 잘하면서
정작 내 사람 보는 눈은 더럽게도 없었던 거야.

남의 연애사는
해결 딱딱 해주는 현명한 사람이지만
정작 내 연애에는 미련스럽고 모자란 사람인 거야.

## 차라리 혼자여라

외로울 때 사람 만나지 마라.
아무거나 덥석 물게 된다.
덥석 문 그것이 너를 분명 아프게 한다.
혼자여도 행복할 때
혼자의 삶을 즐길 수 있을 때
굳이 옆에 사람이 없어도 괜찮다고 생각될 때
그때 사람을 만나 하나씩 천천히 꼼꼼히 따져봐도
늦지 않다.
혼자인 외로운 삶에 괴로움까지 더해주는 사람은
절대 만나지 마라.

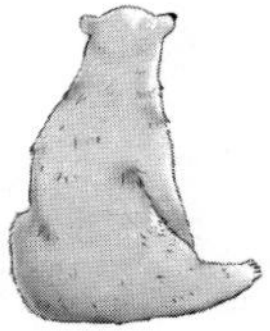

# PART 3

괜찮지 않아도

괜찮은 날들

## 그런 삶을 살기를

남을 사랑하기 위해
너를 사랑하는 일을
포기하지 않기를.

네가 하는 선택이
너의 행복이 아닌
다른 사람의 행복을 위한
선택이 아니기를

너에게 의미 없는 모든 것들을
놓아주는 법을 배우기를.

누군가 너에게 잘 지내냐고 물을 때
진심으로 행복하다고 말할 수 있는 삶을 살기를

# 소중한 내 삶

부정적인 것은 끊어버리고
거짓 소문은 잊어버리며
당신을 소중히 하지 않는 사람과는 작별하세요.
언제나 당신 옆에 있어 주는 사람들과
소중한 시간을 보내세요.
삶은 짧습니다.

## 지금 머릿속이 복잡한가요?

외로워질수록
생각이 많아질수록

더욱더 확실한 혼자가 돼라.
괜히 아무나 만나
내 기분을 달래려 하지 말고

확실한 혼자가 돼서
내가 내 감정을 정리해야 한다.

## 잊지 마

너에게 상처 준 사람을
용서할 정도로 넓은 마음을 가지되
그 사람을 다시 믿고 신뢰할 정도로
어리석진 마라.

## 내가 나를

나의 기분이 내 삶을 흔들지 않는 삶을 살고 싶다.
나의 감정에 내가 지치지 않고
순간의 감정에 후회하는 일을 하지 않고
내가 나를 온전히 컨트롤 할 수 있는
사람이 되고 싶다.

## 터닝포인트

내 전부라고 생각했지만 나를 힘들게만 하던
관계들을 끊어버리고 난 뒤
모든 걸 다 잃은 거 같았지만 얻는 게 있었다.
나를 가장 아프게 한 것들이
결국 큰 교훈이 돼주었다.
너무 힘들어서 내 삶이 끝이라고 생각했던 순간이
내 삶의 터닝포인트가 되기도 했다.

절망이 희망으로 다가올 때가 있다.

## 여전히 당신은

당신이 힘들다는 건
여전히 살아있다는 것입니다.

당신이 실수를 한다는 건
여전히 도전하고 있다는 것이구요.

당신이 시도를 계속하는 한
여전히 희망은 있습니다.

그러니 견디세요.
모든 것은 다 좋아질 거예요.
당장 오늘 또는 내일이 아닐 수도 있지만
결국엔 당신은 다 좋아질 거예요.

# 지나간다

이제 그저 행복할 시간이야.
화를 내거나 슬퍼하거나
너무 많이 생각하는 것은
더 이상 가치 있는 일이 아니니
그저 그 상황을 흘러가게 내버려 둬.
그리고 다시 긍정적으로 생각해 봐.
나빴다면 경험이었을 뿐이고
이 또한 다 지나갈 거라고.
나빴던 어제를 생각하느라
좋은 오늘을 망치지 말자.
흘러가게 내버려 두자.

## 나를 믿어

걱정하는 데 너의 에너지를 쏟지 말고
너를 믿는 데 너의 에너지를 써.

무엇이 안 될지 겁내지 말고
무엇이 잘 될지 기대하는 삶을 살아.

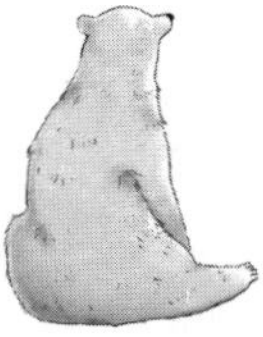

## 날개

나뭇가지에 앉아 있는 새들은
나뭇가지가 부러져서 떨어질까 봐
걱정을 하지 않는다고 한다.
그 나뭇가지를 믿기 때문이 아니고
떨어져도 다시 훨훨 날 수 있는
자신의 날개를 믿기 때문에

사람도 새들처럼
남이 나에게 상처 줄까 봐 못 믿고
의심하고 걱정하는 것보다
상처를 받더라도 다시 일어날 수 있는
단단한 내 마음을 믿어야 하지 않을까

상처를 받지 않기 위해 용쓰는 것보다
겁내지 않고 살아가는 연습을 해야겠다.
그리고 내가 나를 믿어야겠다.
쓰러지고 무너져도 나는 다시 일어날 수 있다는 걸.

## 이렇게 살다 사라지겠지

해야 할 일들은 많은데
몸은 움직이지 않고

머릿속에 생각들만 가득 차
잠은 오지 않고

내가 꼭 해야 할 일들이란 걸 알면서도
자꾸만 미루게 돼 죄책감만 쌓이고

완벽하게 해내고 싶은 마음에
부담감만 쌓이고

완벽하게 잘 해낼 자신도 없으면서
입으로만 떠드는 한심함만 쌓이고

뒤죽박죽 엉켜진 내 감정들을 내가 감당 못 해
무기력해지는 내가 너무 싫어.

낮에는 이게 사는 건지 모르겠고
밤에는 이렇게 살아도 되나 싶다.

이렇게 살기 싫은 건지
이렇게 살고 싶지 않은 건지 모르겠다.

# 무너졌던 날들

그게 진짜 나를 무너지게 하더라.

남에게 화가 나는 게 아니라
나한테 화가 날 때

남 탓을 하고 싶은데
내 탓을 하고 있을 때

남을 원망하고 싶은데
나를 원망하고 있을 때

나를 제일 많이 비난하는 사람이
나 자신이라는 걸 알았을 때

내가 나를 혐오하고 있을 때
그게 나를 무너지게 하더라.

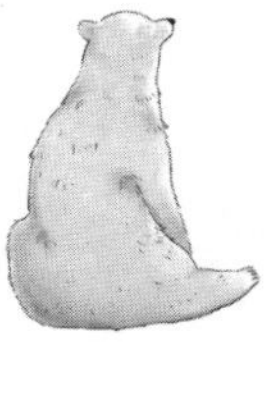

# 내가 행복해져야 하는 이유

무슨 일이 있어도 시간은 흐르고
시간이 흐르면서 사람의 감정도 변한다.
그때는 맞다고 생각했던 일들이
시간이 지나 생각해 보면
쓸데없는 감정,
쓸데없는 미움,
쓸데없는 말들로
서로 상처만 주며 살진 않았는지
후회가 될 때도 있다.

하지만 그 또한 모두 과거의 후회일 뿐.
어떠한 후회도 과거를 해결할 순 없고
어떠한 걱정도 미래를 바꿀 수 없다.
과거에 내가 겪었었던 불행이
지금 내가 행복하게 잘 살아야 하는 이유이다.

## 소중해 내가

나는 나를 먼저 위해줬어야 했다.
내가 먼저라고 내가 가장 중요하다고 생각만 했지
정작 이 생각들을 행동으로 옮기진 못했었다.
내가 없으면 내 인생도 타인도
아무 의미 없어지는 것을

내 마음이 불편하고 내 마음이 허락하지 않는다면
무엇이든 거절해도 괜찮다.
좋을 땐 좋다고 싫을 땐 싫다고 확실히 내 감정을
표현하며 살아야 한다.
나를 먼저 생각하고 나를 위해 살아도 괜찮다.
그렇게 산다고 누구도 나를 욕할 자격은 없다.
그 누구보다 내가 나를 소중하게 여기고 사랑해줘
야 한다.
나는 소중하고 귀한 사람이다.

## 혼자서 살아가는 법

애초에 남한테 기댈 생각 따윈 하지 말아라.
힘들면 남이 도와줄 거라는 기대부터 버려라.
어차피 혼자서 할 일이었다고 생각해라.
너는 무엇이든 혼자 힘으로 해낼 수 있다.
그게 실패해도 좋고, 성공하면 더 좋은 것일
뿐이다.
혼자라 외롭다고 생각하지 마라.
혼자라는 것은 내 인생의 모든 일들을
스스로 처리할 수 있을 만큼
성장하고 강해졌다는 것이다.

# 내가 해야 할 일

집착하지 않기.

매달리지 않기.

신경 쓰지 않기.

미련 갖지 않기.

기대하지 않기.

기대지 말기.

사랑을 구걸하지 않기.

날 사랑해주는 사람을 만나기.

나를 사랑하기.

# 태도

누군가가 나를 대하는 태도와 말들은
그 사람이 어떤 사람인지를 보여주는 것이지
내가 어떤 사람인지를 보여주는 것이 아니다.
남이 나에게 보이는 무례함에 상처받지 마라.
그건 철저히 그 사람의 수준을 보여주는 것이니.

# 비난

인디언 격언 중에 이런 말이 있다.

남을 비난하거나 욕하지 마라.
그대가 사람들을 향해 내보낸
부정적인 에너지는
몇 배로 그대에게 되돌아온다.

이 말을 항상 기억하며 살려고 한다.
사람들에게 좋은 기운만 주며 살고 싶다.

## 미움을 대하는 자세

미움을 미움으로 받아치면
고통은 배가 된다.
미움을 받아칠 수 있는 건
무신경 무관심일 뿐이다.
그런 하찮은 일에 절대로
신경 쓰지도 관심도 주지도 마라.

넌 그저 좋은 거 예쁜 것만 보면서 살면 된다.

## 홀로

그 사람이 없으면 아무것도 못 하는 사람이 되지 마.
혼자여도 잘 사는 사람이 돼야 해.
너는 너를, 너의 인생을 지켜야 해.

아닌 것엔 과감하게 뒤돌아설 줄 아는
냉정함을 가지고
내가 싫어 떠난다면 가도록 내버려 둘만큼
강해지고
나의 가치에 맞는 것을 기다릴 수 있을 만큼의
인내심이 생기기를.

너는 너로서 꼭 행복해져야 해.

## 나의 우울함이 어때서

우울한 걸 좋아하는 게 나쁜 건 아냐.
누군가는 먹구름 끼고 천둥 번개 치는
비 오는 날씨를 좋아하기도 하고
누군가는 햇빛 쨍쨍한 맑은 날을 좋아하기도 하고
즐거워하는 사람들 틈 속에
힘들어하는 사람이 있기도 해.
행복과 슬픔이 항상 공존하듯이
웃고 있다고 안 힘든 게 아니고
울고 있다고 행복하지 않은 게 아니니까.

# 실수해도 괜찮아

실수를 인정할 수 있을 만큼
담대해지고
실수 속에서 배울 수 있을 만큼
현명해지고
실수를 바로잡을 수 있을 만큼
강해져라.

그리고,

강해지되 무례하진 말고
친절하되 약하지 말며
겸손하되 수줍어하지 말고
스스로를 자랑스럽게 여기되
거만해지지 마라.

# 너는 반드시

네가 무엇을 느끼든
네가 느끼는 모든 것들이 괜찮다.
오늘 아무것도 감당하지 못했더라도 괜찮다.
다른 사람들이 괜찮은지 확인하기 전에
네 자신이 괜찮은지 먼저 확인해야 한다.
항상 너 자신을 먼저 생각하는 건 당연한 일이기에
너를 먼저 생각하는 것에 있어서
남에게 결코 사과할 필요가 없다.
모든 일들은 다 지나갈 테고
너에겐 반드시 좋은 일이 찾아올 것이다.

## 현명한 사람

현명한 사람은
모든 일에 침묵하는 게 아니라
어떤 타이밍에 침묵해야 하는지 아는 거야.
의미 없는 말들보다
의미 있는 침묵이
항상 낫다는 걸 아니까.

## 나의 미련함

무조건 잘 될 것만 같던 믿음도
모든 게 잘 풀리지 않을 것만 같던 불안함도
무색하게 느껴질 만큼
모든 감정들이 무너져 내릴 때가 있다.
잘되면 어떻고 잘 안되면 또 어떠한가
생각에 빠져 허우적거리느라
한 치 앞을 모르는 인생 앞에
시간 낭비만 하다 결국 제풀에 지치는
나의 미련함이란.

## 긍정과 부정

긍정적인 생각을 가진 사람은 한계가 없고
부정적인 생각을 가진 사람은 한 게 없다.

긍정의 힘은 생각보다 인생에 큰 도움을 주고
부정의 힘은 포기를 불러들일 뿐이다.

넘어졌을 때 그대로 주저앉아 포기하는 사람과
넘어진 김에 뭐라도 줍고 일어나는 사람과의 차이는
어마어마하다.

긍정과 부정, 그 한 끗 차이로 인생이 달라진다.

## 결혼 못 하면 어떡하지

"더 늦어도 되고, 안 해도 된다.
사람 잘 못 만나서 인생 망칠 바엔 안 하는 게 낫다.
이왕 늦은 거 더 늦는다고 달라질 거 없다.
후딱 해치우듯이 하는 게 아니다.
다 때가 되면 하게 되는 거고, 아니면 아닌 거다.
자기가 한 선택에는 그만큼의 고통과 책임이
따른다."

평생 결혼도 못 하고 혼자 살까 봐
걱정하던 딸에게 엄마가 해줬던 말.

역시 엄마는 현명하다.

## 내 인생은

내 삶은 꽃밭은 아니었어
가시밭길일 뿐이었지.
어쩌면 그게 앞으로 나아갈
원동력이 돼줬는지도 몰라.
예쁘게 사랑만 받으며 사는 인생은 아니었지만
그래도 나를 지킬 줄 아는 방법은 알게 됐거든.

## 나도 내가 중요해요

싸우는 게 나쁜 게 아니라
너에게 상처 준 게 나쁜 거야.
그 상처를 용서해 줄 필요도 이해해 줄 필요도 없어.
사람들은 다들 자기감정엔 충실하면서
남의 감정엔 강요를 바라거든.
너도 네 감정에 충실하면 돼.
그뿐이야.

## 내가 문제야

예민하고 생각 많은 내 탓이겠지
쉽게 쉽게 넘길 수 있는 일들을
의미 부여해가며 복잡하게 꼬아가며 생각하는
내 버릇들 때문에
내가 나를 괴롭히는 거겠지
생각하지 말자고 신경 쓰지 말자면서도
하루 종일 생각만 하고 있으니 내가 괴로운 거지.

# 걱정하지 말자

걱정하지 말자.
걱정한다고 안 될 일이 잘되는 것도 아니고
걱정한다고 잘 될 일이 안 되는 것도 아니니까

일어날 일은 반드시 일어나고
일어난 일엔 그만한 이유가 다 있을 테니까
그냥 멈추고 나중 일은 그때 생각하자.

## 내 행복은 내가 결정해

남들 보란 듯이 잘 살 필요도
남들 보라고 억지로 웃을 이유도
남들 시선에 눈치 볼 필요도 없더라.

그 사람 마음에 꽃밭이 있을지
지옥 밭이 있을지는 그 누구도 모른다.

내가 잘살고 있는 생각이 들고
내가 좋아서 웃으면 그게 행복인 거다.
남의 시선으로 너의 행복을 결정짓지 마라.

## 잘 살아줬으면 좋겠다

아프지 말고 사랑만 받으며 살아줬으면

상처를 받더라도 그 상처에 쓰러지지 않고
더 힘내서 살아줬으면

힘든 일들에 무너지지 말고 포기하지 말고
인생의 경험을 배운 거라고 생각하며
긍정적으로 살아줬으면

그렇게 네가 잘 살아줬으면 좋겠다.

# 너만 몰라

원래 제일 행복할 때 제일 우울하다고 하잖아.

네가 지금 우울한 건

네가 지금 행복해서야.

그 행복을 너만 모르고 있을 뿐이지.

# 미안해

남 챙겨주다
정작 나 자신은 못 챙겨주고

남 마음 신경 쓰다
정작 내 마음은 신경 못 써주고

남 좋은 일 시키느라
정작 내가 이뤄낸 일은 없고

나 자신에게 한없이 미안해지는 그런 날.

# 힘내지 않아도 괜찮아

꼭 이겨내지 않아도 돼요.

힘들어하고 있는 사람에게
꼭 이겨내라. 꼭 버텨내라고 말하는 게
얼마나 큰 부담인지 너무나 잘 알기에
무조건 힘내라고 말해주고 싶지 않아요.

힘내세요 라는 말이 넘치는 곳에서
힘내지 않아도 괜찮다고 말해주고 싶어요.
힘들 땐 충분히 힘들어해도 돼요
그리고 다시 시작하면 되는 거니까

쉬어야 할 때 쉬어줘야 하고
내가 뭐 때문에 힘이 드는 건지
그 누구보다 내가 나를 잘 알아줘야 해요.

## 걱정하지 말아요

조급해하지 마요.
서두르지 마요.
불안해하지 마요.
남에게 인정받으려고 하지 마요.

당신이 진짜 불안한 이유는
남의 시선으로부터 남의 기준으로부터
생기는 불안함이니까요.
당신에겐 문제가 없어요.
있는 그대로의 나를 바라보고 인정해줘야 해요.

# 넌 최고야

잘한다 잘한다 해주니까 진짜 잘하고
예쁘다 예쁘다 해주니까 진짜 더 예쁘고
좋다 좋다 해주니까 진짜 더 좋아진다.

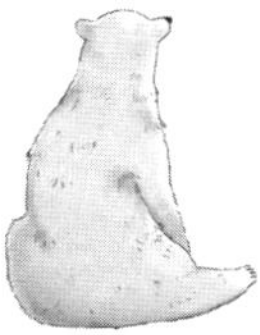

## 느려도 괜찮아

기억해.
멈추지만 않는다면
얼마나 느리게 가는지는
절대 중요하지 않다는 걸

느려도 괜찮아.
멈추지만 마.

# 내가 싸워야 할 건

완벽한 사람은 아무도 없다.
그 누구도 쉽게 살지 않는다.

사람들은 상대방이 겪고 있는 상황을
절대 모른다.
남을 백 프로 이해한다는 건 불가능한 일이다.
그러니 다른 사람을 자신의 잣대로 판단해서
조롱하고 비판하는 일은 멈춰라.

모든 사람은 각자의 삶의 전장에서
싸우고 있을 테니
내가 싸워야 할 건 남이 아니라
나 자신이라는 걸 잊지 마라.

## 삶의 웅덩이

"삶이 내게 비를 내린다면
그 물웅덩이 안에서 신나게 뛰어놀아야지."

## 오늘, 그리고 내일

어제를 잊지 말되
언제나 오늘을 위해서 살자.
내일이 무엇을 가지고 올지
내일이 무엇을 가지고 갈지 모르잖아.

## 진짜 복수는

약한 사람은 복수하고
강한 사람은 용서하며
현명한 사람은 무시한다.
진짜 복수는 복수를 하지 않는 것.

과거를 돌아보지 말고 앞으로 나아가라.
그리고 꼭 상처받은 만큼 행복해져라.

# 너에게

나쁜 사람들 때문에

좋은 사람이 되는 것을 멈추지 마.

# 내 삶의 주인공

진짜 삶의 행복이란
내 삶에서 아무런 상처가 존재하지 않는 것을
의미하는 것이 아니다.
상처가 더는 나의 삶에 영향을 끼치지 않을 때
그때가 진짜 행복이다.

## 자신감

자신감이란 나 자신을 다른 사람들과 비교해가며
내가 더 낫다고 느끼는 게 아니야.
나를 다른 사람들과 비교할 이유가 없다는 것을
깨닫는 거.
그게 진짜 자신감이고 자존감이야.

# 탓

남 탓을 하는 사람은 아직 멀었다.
자신을 탓하는 사람은 반쯤 왔고
아무도 탓하지 않은 사람은
완성된 사람이다.

## 상처 속에서

내가 받은 상처에만 집중하면
내 삶은 계속해서 고통받겠지만
내가 받은 상처 속에서
무엇을 배웠는지에 집중하면
내 삶은 계속해서 성장해나가겠지.

## 지금 내가 멈춰야 할 것

지금 당장 멈춰야 할 5가지

1. 너무 많이 생각하는 것
2. 스스로를 우울하게 만드는 것
3. 과거에 사는 것
4. 변화를 두려워하는 것
5. 모든 사람의 마음에 들려고 노력하는 것

## 무엇 하나 버릴 거 없는 소중한 내 인생이었다

과거의 내가 있기에 지금의 내가 있다.
사람에게 배신당해 힘들었던 기억도
사랑이 떠나 힘들었던 기억도
나쁜 기억들도 슬픈 기억들도
어느 하나 버릴 수 없는 나였다.
과거의 슬픔이 있었기에 지금의 행복이 있다.
난 오늘도 미래의 행복을 위해
오늘의 아픔을 기억한다.

## 사실은 겁이 나

모든 걸 포기 하고 싶고
모든 걸 놔버리고 싶고
모든 일이 안 될 것만 같던 마음은
사실 간절하게 잘 되고 싶은 마음이었다.
정말 포기하고 놔버리게 될까 봐
무서웠던 애절한 내 마음이었다.

## 바보 같은 나

나는 자존심만 높았지 자존감은 낮아
그래서 늘 눈치를 보고
말투가 조금만 바뀌어도
혹시나 내가 뭘 잘못한 건 아닌지
저절로 마음속의 약자가 돼버려.
자신도 없고, 실패할까 두렵고
거절당할까 봐 쿨한 척을 하고
그래서 애초에 시작도 안 해버려.
그게 내 자존심을 지켜주는 거라고 생각했으니까.

## 나는 언제나 나였다

살면서 똑같은 실수를 반복하지 않기 위해
노력했고, 많지 않던 선택지 중
최선의 선택을 하려고 노력했지만

그 최선의 선택을 위해서는
수많은 인생의 실수들이 필요했다.
그 선택으로 이뤄진 이 길 위에
옳았던 나도, 틀렸던 나도,
나는 언제나 나인 채였다.

앞으로도 여전히 많은 실수를 하겠지만
당신도 나도 우리 모두 다 괜찮다.

## 그때 그리고 나

살아가면서 그때 그랬더라면 하는
순간들이 있다.
하지만 다시 생각해 보면
다시 그 순간으로 돌아간다 해도
나는 똑같은 선택을 했을 것이다.
그때의 나는 분명 그럴만한 이유가 있었고
최선의 선택을 했을 테니

내 선택들에 후회는 있었어도
책임을 회피하진 않았다.
과거 속에서 교훈을 얻을 순 있어도
과거 속에서 살 수는 없다.

후회도 미련도 미움도 원망도
결국 과거 속에 잡혀 있는 내 마음일 뿐.
과거에 사로잡혀 있을 때 사람은 가장 외로워진다.

절대로 과거에 머물러 있지 마라.
마음도, 기억도, 사람도

## 견뎌내고 있는 너에게

인생이란 살아있기만 하면
어떻게든 풀리더라.
그러니 너도 하루하루를 견디고 살아.
네 삶이 어떻게 변하는지 눈 크게 뜨고 지켜봐.
그때 힘든 시간들 잘 버텨줘서 고맙다고
네가 네 자신을 꼭 칭찬해줘.

그리고 그때 힘든 시간들 잘 버텨줘서 고맙다고
네가 네 자신을 꼭 칭찬해줘
그리고 언젠가 네가 겪었던 힘든 일들을
어떻게 극복했는지 이야기해줘.

그것은 다른 누군가에게
살아가는 방법이 될 테니까.

# 시간

내가 하고 싶은 일들 도전해보고 싶은 것들을
잘 해낼 수 없을까 봐, 성공하지 못할까 봐
머릿속으로 생각만 하며 망설였다.

하지만 진짜 내가 두려운 건
그때 망설이다 아무것도 하지 못하고
흘려버린 시간들의 아쉬움이
더 큰 후회로 다가올까 봐
내 인생의 가장 젊은 날들이 지나가는 걸
쳐다만 보게 될까 봐 무섭다.

지나간 시간들이 아깝고
다가올 시간들이 빠르고
현재의 시간들이 흘러간다는 걸 잊지 말자.

# 행복한 사람

최고로 행복한 사람들은
최고인 것을 가져서가 아니다.
그들은 그저
자기가 갖고 있는 모든 것들이
자기 곁에 있는 모든 사람들이
최고라 생각할 뿐이다.

모든 것이 최고가 아니라
모든 것을 최고로 만들 뿐이다.

## 이곳에서

내가 지금 살아있는 이곳.
내 곁에 같이 살아가는 사람들.
내가 할 수 있는 일들.

내가 내 삶에 더 많이 감사할수록
삶은 나에게 감사할 것들을 더 많이
가져다줄 것이다.
어떤 것을 보태서 행복하려 애쓰지 말고
지금 네가 있는 그곳 그 자리에서
그 사람들과 함께 행복해져라.
그것이 지금 네 삶을 위해 할 수 있는
최고의 노력이다.

## 무시할 수 있는 용기

남들의 비난에 반응을 보이며
갈이 감정싸움을 하는 순간
마음의 상처는 커지게 마련이다.

내 인생에 약이 되는 조언은
잘 받아들이면 그만이고
나를 아프게 하려는 충고를 가장한 비난은
흘려보내면 그만이다.

잊지 마라.

나를 싫어하는 사람은
내가 뭘 해도 싫어하고
그 사람들이 원하는 건
내가 상처받고 아파하며
무너지는 모습이라는 걸.

침묵의 힘보다 더 큰 것은
무시할 수 있는 용기라는 것을.

# 나중에

모든 문제의 원인은 결국
귀찮아하는 내 마음과
게으른 내 행동에서 시작된다.

나중에 시작하면 되겠지
나중에 가면 되겠지
나중에 하면 되겠지
나중에 보면 되겠지

그 나중을 지금까지 끌고 왔으면서.

그 나중이 나중에 분명
후회로 다가올 거야.
지금 이 시간들은 다신 오지 않을 거고
시간은 너무나 빠르게 흘러갈 테니까.

## 나는 내가 또 걱정이다

너무 불행할 땐 이 불행이 계속될까 봐 걱정했고
너무 행복할 땐 이 행복이 깨질까 봐 걱정했고
평소에는 아직 일어나지 않을 일을
미리 생각하느라 걱정을 했다.
걱정한다고 달라질 건 없지만
걱정이라도 해야 달라질 거 같아서
그렇게 걱정만 하는 내가 나는 또 걱정이다.

# 나를 위해서

나와 맞지 않는 사람을
나를 싫어하는 사람을
피하는 것은 나약해서가 아니라
그것이 현명하다는 것을 알아서이다.
나의 정신건강을 위해서.

## 상처는 남고 시간은 흐른다

내가 아무리 힘들어도
시간은 계속 흘러갔고 삶은 계속됐다.
마냥 주저앉아 울고 있기엔 나만 손해였고
나의 슬픔과는 상관없이
현실은 잔인하고 냉정했다.
몇 번을 넘어져도 다시 일어나야 한다.
지긋지긋한 내 삶을 사랑해야 한다.
나는 충분히 강하니까
내게 이런 인생도 주어진 게 아닐까
언젠가는 행복해질 거라고
다시 한번 나를 속여본다.

## 어쩔래?

늦은 나이에 새롭게 도전하는 나에게
주위 사람들은 이렇게 말한다.

"실패하면 어떡하려고
 망하면 어떡하려고"

그런 사람들에게 되묻고 싶은 말이 있다.

" 내가 성공하면 어떡할 건데? "

물론 보기 좋게 성공하는 것도 좋지만
보기 좋게 실패하는 게 뭐 어때서
실패 속에서 배운 게 있었다면
적어도 시간 낭비를 한 건 아니잖아.

“나의 삶 경험치가 10+ 상승했습니다.”

## 세상에 완벽한 사람은 없다

너도 완벽한 사람이 아니면서
다른 사람을 왜 평가하려고 하는 거야?

자신의 결점은 못 보고
남의 결점은 귀신같이 찾아내고
자신은 완벽하지 못하면서
남에게는 완벽하길 바라고

너만의 잣대로 남을 평가하는 말들을
늘어놓는 건 당연한 게 아니야.
그게 비난이 아닌 칭찬이라 할지라도

## 나쁜 하루

오늘 하루 나쁜 일만 있었다고 해서 기죽지 마.
네 삶 자체가 나빴던 게 아니고
그건 그냥 단순히 너의 오늘 하루가 안 좋았던 거
뿐이야.

네가 살아갈 수많은 날 중에
안 좋은 하루를 겪었을 뿐이야.

너의 삶이 있는 곳에 언제나
희망이 있다는 것을 잊지 마.

## 버텨줘서 고마워

너의 인생이
빛나지 않아도
찬란하지 않아도
성공하지 않아도
그저 살아있어 줌에 고맙다.
하루하루 버텨줌에 고맙다.
살아있어 줘서 존재해줘서 고맙다.
그것만으로도 너의 가치는 충분하다.

# 꽃피는 인생

지금 힘들어하고 있는
당신의 마음이 언젠가는
빛으로 가득 차고
따뜻함으로 가득 차서
아픔이 꽃으로 피었으면 좋겠습니다.
아무리 오랜 시간이 걸려도
그대 반드시 행복해지세요.

## 꼭

단순하게 살아도 꿈은 잊지 말고
사랑하며 살아도 집착은 하지 말고
힘든 시련이 와도 삶에 감사할 줄 알고
슬픈 일을 겪어도 항상 웃음을 잃지 않는 삶을 살기를.

# 누굴 위해 살고 있는가

다른 사람들의 행복을 바라는 동안
나는 나의 행복을 놓쳐버렸다.

다른 사람들을 사랑하려고 노력하는 동안
나는 나를 사랑하는 것을 잊어버렸다.

다른 사람들이 나의 삶을 이해하지 않는 동안
나는 다른 사람들을 이해시키기 위해 살고 있었다.

내 인생을 책임져주지 않을 사람들을 위해
나는 수많은 책임을 지며 살고 있었다.

나는 나로서 나를 위한 삶을 살아본 게 언제였던가.

# 난 행복해

행복은 나의 선택이지 내 인생의 결과가 아니다.
내가 행복하기로 마음먹지 않는 한
그 무엇도 나를 행복하게 만들 수는 없고
그 누구도 나를 행복하게 만들 수 없다.
행복이 나에게 오는 게 아니라
오직 나로부터 행복은 시작된다.

그래서 난 행복하게 살기로 결정했다.

# 이젠 나를 아니까

나이를 먹다 보면
비밀도 많아지고 참는 것도 많아지지만
이런 모든 것들이 꼭
나쁜 것만은 아니라는 걸 알게 되고
나만의 힘듦과 안 좋은 감정들 때문에
다른 사람 감정까지 망치게 하고 싶지 않게 돼.
그래서 힘들 땐 사람들과의 연락을 피하게 돼.
늘 좋은 모습만 보여주고 싶어서가 아니라
괜한 사람에게 화풀이를 하게 될까 봐
내가 상처받았다고 다른 사람에게
상처 주는 일은 없었으면 해서
그리고 이젠 혼자서도 꽤 잘 버텨내고
견뎌내는 나를 알아서.

# 틀린 게 아니라 다른 거야

세상 어딜 가든 내 맘과 같은 사람 없고
세상 어딜 가도 사람 생각은 제각각 다릅니다.
혹여 내 맘에 거슬리는 일이 있고
내 눈에 거슬리는 사람이 있다고 한들
신경 딱 끊어버리고
내가 해야 할 일들만 생각하세요.

안 좋은 것에 신경 쓰고 자꾸 생각하다 보면
해야 할 일도 제대로 못 하고
온통 안 좋은 감정에 사로잡혀
내 기분만 망치게 됩니다.

단지 나와 생각이 다른 사람들 때문에
소중한 나의 하루를 망치지 마세요.

다른 걸 틀리다고 생각하는 순간부터
내가 내 마음속에 지옥을 만드는 거예요.
다른 건 그냥 다를 뿐이다.
이렇게 생각하고 인정해버리면
내 마음에도 평화가 생깁니다.

나와 생각이 다른 사람들을
이해하려 들지 말고 인정하세요.
그래야 미움이 생기지 않으니까요.

## 흔들리지 마

나를 남이 결정짓게 하지 마세요.
나는 내가 만들어가야 해요.

남들의 말에 흔들릴 필요도 없고
남들의 시선에 눈치 볼 필요도 없어요.
내가 불안해하고 내가 확신이 없으면
결국은 남들의 가치관에 휩쓸리게 돼요.

누가 날 미워해도
뒤처질까 봐 불안해도
사랑받지 못할까 봐 걱정이 돼도

나 자신을 잃지 말아야 해요.

남들이 뭐라 하든
내 삶의 방식이 남에게 피해 주는 게 아니라면
자신을 믿고 계속 살아가세요.
결국 시간이 지나면
내 삶의 속도와 비슷한 사람들이
곁에 남아 같이 걸어가 줄 테니까요.

# 걱정

어느 날 당신의 삶을 뒤돌아봤을 때
정말 중요하지 않은 것에
너무 많은 걱정을 하고
너무 많은 감정 낭비를 했다는 것을
깨닫게 되는 날이 올 것입니다.

지금 당신이 하고 있는 걱정도
나중에 생각해 보면
정말 쓸데없는 걱정이었구나
생각하게 되는 날이 옵니다.

이제 걱정은 그만 하세요.

## 그렇게 살아가자

누군가를 미워하는 마음을 품고
누군가를 그리워만 하면서
인생을 보내지 말자.

나를 떠난 사람은 떠난 대로 잘 살라고 내버려 두고
나를 소중히 여기지 않는 사람들에게서 멀어지자.
나를 무시하는 사람은 나도 가볍게 무시하고
나를 사랑하는 사람에겐 나는 더 큰 사랑을 주자.

너를 무너지게 하는 사람이 있다면
너를 다시 일으켜 세워주는 사람도 있다는 걸
잊지 말자.

## 난 네 편이야

사람이 가슴 속에 너무 많은 말이 있으면 힘이 들어.
그러니 혼자서 가슴 속에 쌓아두지 말고
혼자서 너무 많은 상처를 안고 가지 말고
내 탓이라 생각하며 자책하지 말고
너무 오랫동안 미워하지 말고
슬퍼는 하되 그 슬픔에 너무 오래 빠져있지는 말자.

가끔 네가 하고 싶은 말들 넋두리처럼 내뱉어도
아무도 널 이상하게 보지 않아.
네가 모든 것을 잃었다 하더라도
너를 떠난 사람이 있다고 하더라도
네 옆에는 그것보다 너를 더
행복하게 해줄 수 있는 게
많다는 걸 알았으면 좋겠어.

## 약속해

수많은 핑계 앞에 상처받지 않기.
수많은 상처 앞에 무너지지 않기.
상처 주는 사람을 허락하지 않기.
나에게 상처 주는 인연을 지키려고 애쓰지 않기.
사람은 절대 변하지 않는다는 걸 잊지 말기.

이제는 그만 아파하기.

## 사랑해주자 나를

남한테 사랑받으려고 애쓰던 내가 안쓰러워
내가 나를 예쁘다, 예쁘다 해줬어야 했는데
내가 나를 너무 무시하고 살았어.
믿었던 사랑에 계속 실패하고
믿었던 사람들에게 배신당하고
그런 일들을, 시간들을 겪다 보니까
내가 못나 보이고
내가 되게 보잘것없는 사람처럼 느껴지더라.
사람들이 나를 떠나간 게
다 내 탓처럼 느껴졌었거든.
그래서 내가 너무 싫었었나 봐.

하지만 이젠 내가 나에게 제일 잘해주고 싶어.
남을 걱정하고 신경 썼던 만큼
이젠 내가 나를 신경 써주며 살고 싶어.
이제는 알겠더라.
다른 사람에게서가 아닌 내가 내 삶에서부터
행복을 느껴야 한다는 걸.
그래야 어떤 사람을 만나든
건강한 관계를 이어갈 수 있다는 걸.

이제야 진짜 내 인생을 사는 거 같아.
그러니까 너도
남에게 너무 사랑받으려 노력하지 마.
네가 가장 신경 써주고 사랑해줘야 할 사람은
너 자신이라는 걸 알았으면 좋겠어.

# 나를 존중해 주세요

왜 당신은 나를 존중해주지 않으면서
나에게 존중받길 원하는가
당신이 내게 침을 뱉으면
나도 당신 얼굴에 침을 뱉을 것이고
당신이 내게 예의를 지킨다면
나는 당신에게 예의를 지킬 것이다.

## 착한 사람

착한 사람들에게는 좋은 일보다는
그만큼의 딱 당하기 좋은 일들이 더 많이 생기고

나쁜 사람들에게는 나쁜 일보다는
그만큼의 딱 속이고 살기 쉬운 일들이 생긴다.

착하게 살아야 복 받는단 소리도 다 옛말이다.
정직하게 살면 거지 되고
착하게 살면 호구 되는 세상에
우리는 살고 있다.

## 노력

앞서 생각하지 말고
앞서 실망하지 말고
앞서 욕심부리지 말고
매 순간 감사하게 살아갈 것
그리고 매 순간 서두르지 말 것
그저 묵묵히 내 일을 하며 살아갈 것.

# 당신에게

간절함이 있고 겸손할 줄 아는 자에게
천천히 그리고 누구보다 더 크게
복이 찾아온다.

지금 힘들다고 절대 포기하지 마라.
지금 당신이 겪는 실패의 끝에
반드시 성공이 있다.

흔들리지 말고 꾸준하게 당신의 길을 걸어가라.

# 엄마

엄마한테 항상 친절하게 대해라.
엄마가 모르는 게 있으면
짜증 내지 말고 처음부터 차근차근 이해 시켜 줘라.
엄마가 혹여 화를 내더라도
똑같이 화내지 말고 참고 대화해라.

엄마는 평생을 너의 투정과 울음과
짜증을 다 받아주고 사셨다.
너는 엄마 앞에서 펑펑 울었겠지만
엄마는 가족 몰래 자식 몰래
눈물을 훔치며 살아오셨다.

나중에 가슴 치며 후회하지 말고
늙어버린 엄마를 이젠 네가
받아주고 안아줘야 한다.

## 너의 삶이

누군가 당신을 싫어할수록
더 보란 듯이 잘 살았으면 좋겠다.
소수의 사람들 감정에 흔들리지 말고
다수의 사람이 너를 사랑하고
응원하고 있다는 걸 잊지 않았으면 좋겠다.
좋은 사람들과 좋은 것만 보며 살아도
부족한 시간에
애정없는 비난에 상처받지 말고
애정없는 눈빛에 눈치 보지 말고
진심으로 응원해 주는 마음들만 보며 살았으면
좋겠다.

# 혼자여도 위로는 필요해

**발행일** 2021년 7월 1일

**지은이** 김수민
**펴낸이** 정유리
**디자인** 김송이

**발행처** 더블유미디어
**등록번호** 제25100-2016-000033호
**주소** 서울특별시 서대문구 연희동
**대표전화** 02-2068-1956
**팩스** 02-2068-1995
**홈페이지** www.w-media.co.kr
**이메일** wmedia1@naver.com


ISBN 979-11-88476-31-2 (03810)

**정가** 13,800원


* 더블유미디어는 여러분의 다양한 삶과 생각이 궁금합니다. 이야기나 아이디어가 있으신 분은 이메일 wmedia1@naver.com으로 원고나 기획서를 보내주세요. 설레는 마음으로 기다리겠습니다.